U0052887

比較文學叢書

比較詩學

葉維廉 著

舟泊煙渚，日暮客愁新。
野曠天低樹，江清月近人。

I steer my boat to anchor
by the mist-clad river
And (mourn) the dying day
Nearer to my fate.
(cross the woodland wild

東大圖書公司

國家圖書館出版品預行編目資料

比較詩學／葉維廉著.——二版二刷.——臺北市：東大，2014
面；　公分.——(比較文學叢書)

ISBN 978-957-19-2879-1　(平裝)

1. 比較詩學

812.1　　96016765

著作人　葉維廉
發行人　劉仲文
著作財產權人　東大圖書股份有限公司
發行所　東大圖書股份有限公司
地址　臺北市復興北路386號
電話　(02)25006600
郵撥帳號　0107175-0
門市部　(復北店) 臺北市復興北路386號
(重南店) 臺北市重慶南路一段61號
出版日期　初版一刷　1983年2月
二版一刷　2007年9月
二版二刷　2014年5月
編號　E 810260
行政院新聞局登記證局版臺業字第〇一九七號

ISBN 978-957-19-2879-1　(平裝)

http://www.sanmin.com.tw　三民網路書店

「比較文學叢書」總序*

收集在這一個系列的專書反映著兩個主要的方向：其一，這些專書企圖在跨文化、跨國度的文學作品及理論之間，尋求共同的文學規律 (common poetics)、共同的美學據點 (common aesthetic grounds) 的可能性。在這個努力中，我們不隨便信賴權威，尤其是西方文學理論的權威，而希望從不同文化、不同美學的系統裡，分辨出不同的美學據點和假設，從而找出其間的歧異和可能匯通的線路；亦即是說，決不輕率地以甲文化的據點來定奪乙文化的據點及其所產生的觀、感形式、表達程序及評價標準。其二，這些專書中亦有對近年來最新的西方文學理論脈絡的介紹和討論，包括結構主義、現象哲學、符號學、讀者反應美學、詮釋學等，並試探它們被應用到中國文學研究上的可行性及其可能引起的危機。

因為我們這裡推出的主要是跨中西文化的比較文學，與歐美文化系統裡的跨國比較文學研究，是大相逕庭的。歐美文化的國家當然各具其獨特的民族性和地方色彩，當然在氣質上互有特出之處；但往深一層看，在很多根源的地方，是完全同出

---

* 《比較詩學》一書初版印行於民國七十二年，因內容紮實嚴謹，廣受讀者好評。早期限於物質條件，排版字體較小，且幾經印刷，字體已漸漫漶。為讓讀者獲得更好的閱讀效果，乃不計成本，採用較大字號重新編排、校對，期能帶給現代讀者更好的閱讀享受。特此說明。

於一個文化體系的，即同出於希羅文化體系。這一點，是很顯明的，只要是專攻歐洲體系中任何一個重要國家的文學，都無法不讀一些希臘和羅馬的文學，因為該國文學裡的觀點、結構、修辭、技巧、文類、題材都要經常溯源到古希臘文化中哲學美學的假設裡、或中世紀修辭學的一些架構，才可以明白透徹。這裡只需要舉出一本書，便可見歐洲文化系統的統一和持續性的深遠。羅拔特・寇提斯 (Robert Curtius) 的《歐洲文學與拉丁中世紀時代》一書裡，列舉了無數由古希臘和中世紀拉丁時代成形的宇宙觀、自然觀、題旨、修辭架構、表達策略、批評準據……如何持續不斷的分布到英、法、德、義、西等歐洲作家。我們只要細心去看，很容易便可以把彌爾頓和歌德的某些表達方式、甚至用語，歸源到中世紀流行的修辭的策略。事實上，一個讀過西洋文學批評史的學生，必然會知道，如果我們沒有讀過柏拉圖、亞里斯多德、賀瑞斯 (Horace)、朗吉那斯 (Longinus)，和文藝復興時代的義大利批評家，我們便無法了解菲力普・席德尼 (Philip Sidney) 的批評模子和題旨，和德萊登批評中的立場，和其他英國批評家對古典法則的延伸和調整。所以當艾略特 (T. S. Eliot) 提到「傳統」時，他要說「自荷馬以來……的歷史意識」。

這兩個平常的簡例，可以說明一個事實：即是，在歐洲文化系統裡（包括由英國及歐洲移植到美洲的美國文學，拉丁美洲國家的文學）所進行的比較文學，比較易於尋出「共同的文學規律」和「共同的美學據點」。所以在西方的比較文學，尤其是較早的比較文學，在命名、定義上的爭論，不是他們所用的批評模子中美學假設合理不合理的問題，而是比較文學研究的對象及範圍的問題。在早期，法國、德國的比較文學學者，都把比較文學研究的對象作為一種文學史來看待。德人稱之為 Vergleichende Literaturgeschichte。法國的卡瑞 (Carré) 並開章明義的說是文學史的一環，他心目中的研究不是藝術上的美學模式、風格……等的衍變史，而是甲國作家與乙國作家，譬如英國的拜倫和俄國的普希金接觸的事實。這個偏重進而探討某作家的發達史，包括研究某書的被翻譯、評介、其被登載的刊物、譯者、旅人的傳遞情況，當地被接受的情況，來決定影響的幅度（不一定能代表實質）和該作家的聲望（如 Fernand Baldensperger 的批評所代表的），是研究所謂文學的「對外貿易」。這樣的作法——把比較文學的研究對象定位在作品的興亡史——正如威立克 (René Wellek, 1903–1995) 和維斯坦 (Ulrich Weisstein) 所指出的，是外在資料的彙集，沒有文學內在本質的了解，是屬於文學作品的社會學。另外一種目標，更加涇渭難分，即是把民俗學中口頭傳說題旨的追尋、題旨的遷移（即由一個國家或文化遷移到另一個國家或文化的情況，如指出印度的《羅摩衍那》(Ramayana) 是《西遊記》中的孫悟空的前身）視作比較文學。這種作法，往往也是挑出題旨而不加美學上的討論。但如果我們進一步問：印度的《羅摩衍那》在其文化系統裡、在其表義的構織方式中和轉化到中國文化系統裡、在中國特有的美學環境及需要裡有何重要藝術上的蛻變。這樣問則較接近比較文學研究的本質，而異於一般的民俗學。其次，口頭文學（包括初民儀式劇的表現方式）及書寫文學之間的互為影響，亦常是比較文學研究的目標；但只指出影響而沒有對文學規律的發掘，仍然易於流為表面的統計學。比較文學顧名思義，是討論兩國、三國、甚至四、五國間的文學，是所謂用國際的幅度去看文學，如此我們是不是應該把每國文學的獨特性消除，而追求一種完全共通的大統合呢？歌德的「世界文學」的構想常被視為比較文學的代號。但事實上，如威立克所指出，歌德所說是指向未來的一個大理想，當所有的文化確然融合為一的時候，才是真正「世界文學」的產生。但這理想的達成，是把獨特的消滅而只留共通的美感經驗呢？還是把各國獨特的質素同時並存，而成為近代美國詩人羅拔特・鄧肯 (Robert Duncan) 所推崇的「全體的研討會」？如果是前者，則比較文學喪失其發揮文學多樣性的目標，如此的「世界文學」意義不大。近數十年來，文學批評本身發生了新的轉向，就是把文學之作為文學應該具有其獨特本質這一個課題放在研究對象的主位，俄國的形式主義、英美的新批評、現象哲學分派的殷格頓 (Roman Ingarden)，都從「構成文學之成為文學的屬性是什麼？」這個問題入手，去追尋文學中獨有的經驗原型、構織過程、技巧等。這個轉向間接的影響了西方比較文學研究對象的調整，第一，認定前述對象未涉及美感經驗的核心，只敘述或統計外在現象，無法構成可以放諸四海而皆準的美感準據。第二，設法把作品的內在應合統一性視為研究最終的目標。

我們可以看見，這裡對比較文學研究對象有偏重上的爭議，而沒有對他們所用的批評模子中的美學假定、價值假定懷疑。因為事實上，在歐美系統中的比較文學裡，正如維斯坦所說的，是單一的文化體系，在思想、感情、意象上，都有意無意間支持著一個傳統。西方的比較文學家，過去幾乎沒有人用哲學的眼光去質問他們所用的理論之作為理論及批評據點的可行性，或質問其由此而來的所謂共通性共通到什麼程度。譬如「作品自主論」者（包括形式主義、新批評和殷格頓）所得出來的「內在應合的統一性」，確是可以成為一切美感的準據嗎？「作品自主論」者因脫離了作品成形的歷史因素而專注於作品內在的「美學結構」，雖然對一篇作品裡肌理織合有細緻詭奇的發揮，也確曾豐富了統計式、考據式的歷史批評，但它反歷史的結果往往導致美學根源應有認識的忽略而凝滯於表面意義的追索。所以一般近期的文學理論，都試圖綜合二者，即在對作品內在美學結構闡述的同時，設法追溯其各層面的歷史衍化緣由與過程。

問題在於：不管是舊式的統計考據的歷史方法、或是反歷史的「作品自主論」，或是調整過的美學兼歷史衍化的探討，在歐美文化系統的比較文學研究裡，其所應用的批評模子，其歷史意義、美學意義的衍化，其哲學的假定，大體上最後都要歸源到古代希臘柏拉圖和亞里斯多德的「關閉性」的完整、統一的構思，亦即是：把萬變萬化的經驗中所謂無關的事物摒除而只保留合乎先定或預定的邏輯關係的事物，將之串連、劃分而成的完整性和統一性。從這一個構思得來的藝術原則，是否真的放在另一個文化系統——譬如東方文化系統裡——仍可以作準？

是為了針對這一個問題使我寫下了〈東西比較文學中模子的應用〉一文。是為了針對這一個問題使我和我的同道，在我們的研究裡，不隨意輕率信賴西方的理論權威。在我們尋求「共同的文學規律」和「共同的美學據點」的過程中，我們設法避免「壟斷的原則」（以甲文化的準則壟斷乙文化）。因為我們知道，如此做必然會引起歪曲與誤導，無法使讀者（尤其是單語言單文化系統的讀者）同時看到兩個文化的互照互識。互照互對互比互識是要西方讀者了解到世界上有很多作品的成形，可以完全不從柏拉圖和亞里斯多德的美學假定出發，而另有一套文學假定去支持它們；是要中國讀者了解到儒、道、佛的架構之外，還有與它們完全不同的觀物感物程式及價值的判斷。尤欲進者，希望他們因此更能把握住我們傳統理論中更深層的含義；即是，我們另闢的境域只是異於西方，而不是弱於西方。但，我必須加上一句：重新肯定東方並不表示我們應該拒西方於門外，如此做便是重蹈閉關自守的覆轍。所以我在〈東西比較文學中模子的應用〉特別呼籲：

> 要尋求「共相」，我們必須放棄死守一個「模子」的固執。我們必須要從兩個「模子」同時進行，而且必須尋根探固，必須從其本身的文化立場去看，然後加以比較加以對比，始可得到兩者的面貌。

東西比較文學的研究，在適當的發展下，將更能發揮文化交流的真義：開拓更大的視野、互相調整、互相包容。文化交流不是以一個既定的形態去征服另一個文化的形態，而是在互相尊重的態度下，對雙方本身的形態作尋根的了解。克勞第奧・歸岸 (Claudio Guillén) 教授給筆者的信中有一段話最能指出比較文學將來發展應有的心胸：

> 在某一層意義說來，東西比較文學研究是、或應該是這麼多年來〔西方〕的比較文學研究所準備達致的高潮，只有當兩大系統的詩歌互相認識、互相觀照，一般文學中理論的大爭端始可以全面處理。

在我們初步的探討中，在在可以印證這段話的真實性。譬如文學運動、流派的研究（例：超現實主義、江西詩派……），譬如文學分期（例：文藝復興、浪漫主義時期、晚唐……），譬如文類（例：悲劇、史詩、山水詩……），譬如詩學史，譬如修辭學史（例：中世紀修辭學、六朝修辭學），譬如比較批評史（例：古典主義、擬古典主義……），譬如比較風格論，譬如神話研究，譬如主題學，譬如翻譯學理論，譬如影響研究，譬如文學社會學，譬如文學與其他的藝術的關係……無一可以用西方或中國既定模子、無需調整修改而直貫另一個文學的。這裡只舉出幾個簡例：如果我們用西方「悲劇」的定義去看中國戲劇，中國有沒有悲劇？如果我們覺得不易拼配，是原定義由於其特有文化演進出來特有的局限呢？還是中國的宇宙觀念不容許有亞里斯多德式的悲劇產生？我們應該把悲劇的觀念局限在亞里斯多德式的觀念嗎？中國戲劇受到普遍接受的時候，與祭神的關係早已脫節，這是不是與希臘式的悲劇無法相提並論的原因？我們應不應該擴大「悲劇」的定義，使其包含不同的時空觀念下經驗顫動的幅度？再舉一例，epic 可以譯為「史詩」嗎？「史」以外還有什麼構成 epic 的元素？西方類型的 epic 中國有沒有？如果有類似的，但沒有發生在古代（正如中國的戲劇沒有成為古代主要的表現形式——起碼沒有留下書寫的記錄而被研討的情形一樣），對中國文學理論的發展與偏重有什麼影響？跟著我們還可以問：西方神話的含義，尤其是加插了心理學解釋的神話的「原始類型」，如「伊底帕斯情意結」(Oedipus Complex，殺父戀母情意結)、納西塞斯（Narcissism，美少年自鑑成水仙的自戀狂）……在中國的文學裡有沒有主宰性的表現？這兩種隱藏在神話裡的經驗類型和西方「唯我、自我中心」的文化傾向有沒有特殊的關係？如果有，用在中國文學的研究裡有什麼困難？

顯而易見，這些問題只有在中西比較文學中才能尖銳地被提出來，使我們互照互省。在單一文化的批評系統裡，很不容易注意到其間歧異性的重要。又譬如所謂「分期」、「運動」，在歐美系統裡，是在一個大系統裡的變動，國與國間有連鎖的牽動，由不少相同的因素所引起。所以在描述上，有人取其容易，以大略年代分期。一旦我們跨上中西文化來討論，這往往不可能。中國有完全不同的文學變動，完全不同的分期。在西方的比較文學中，常有「浪漫時期文學」、「現代主義文學」，集中在譬如英法德西四國的文學，是正統的比較文學課題。在討論過程中，因為事實上是有相關相交的推動元素，所以很自然的也不懷疑年代之被用作分期的手段。如果我們假設出這樣一個題目：「中國文學中的浪漫主義」，我們便完全不能把「浪漫主義」看作「分期」，由於中國文學裡沒有這樣一個文化的運動（五四運動裡浪漫主義的問題另有其複雜性，見筆者的 "Reflections on Historical Totality and the Studies of Modern Chinese Literature", *Tamkang Review*, 10.1–2 [Autum & Winter, 1979]: 35–55），我們或者應該否定這個題目；但這個題目顯然另有要求，便是要尋求出「浪漫主義」的特質，包括構成這些特質的歷史因素。如此想法，「分期」的意義便有了不同的重心。事實上，在西方關於「分期」的比較文學研究裡，較成功的，都是著重特質的衡定。

由是，我們便必須在這些「模子」的導向以外，另外尋求新的起點。這裡我們不妨借亞伯拉姆斯 (M. H. Abrams) 所提出的有關一個作品形成所不可或缺的條件，即世界、作者、作品、讀者四項，略加增修，來列出文學理論架構形成的幾個領域，再從這幾個領域裡提出一些理論架構形成的導向或偏重。在我們列舉這些可能的架構之前，必須有所說明。第一，我們只借亞氏所提出的條件，我們還要加上我們所認識到的元素，但不打算依從亞氏所提出的四種理論；他所提出的四種理論：模擬

論 (Mimetic Theory)、表現論 (Expressive Theory)、實用論 (Pragmatic Theory) 和美感客體論 (Objective Theory, 因為是指「作品自主論」, 故譯為「美感客體論」), 是從西方批評系統演繹出來的, 其含義與美感領域與中國可能具有的「模擬論」、「表現論」、「實用論」及至今未能明確決定有無的「美感客體論」, 有相當歷史文化美學的差距。這方面的探討可見劉若愚先生的《中國文學理論》一書中拼配的嘗試及所呈現的困難。第二, 因為這只是一篇序言, 我們在此提出的理論架構, 只要說明中西比較文學探討的導向, 故無意把東西種種文學理論的形成、含義、美感範疇作全面的討論 (我另有長文分條縷述)。在此讓我們作扼要的說明。

經驗告訴我們, 一篇作品產生的前後, 有五個必需的據點: ㈠作者, ㈡作者觀、感的世界 (物象、人、事件), ㈢作品, ㈣承受作品的讀者和㈤作者所需要用以運思表達、作品所需要以之成形體現、讀者所依賴來了解作品的語言領域 (包括文化歷史因素)。在這五個必需的據點之間, 有不同的導向和偏重所引起的理論, 其大者可分為六種。茲先以簡圖表出。

(A)作者通過文化、歷史、語言去觀察感應世界, 他對世界 (自然現象、人物、事件) 的選擇和認知 (所謂世界觀) 和他採取的觀點 (著眼於自然現象? 人事層? 作者的內心世界?) 將決定他觀感運思的程式 (關於觀、感程式的理論, 譬如道家對真實具體世界的肯定和柏拉圖對真實具體世界的否定)、決定作品所呈現的美感對象 (關於呈現對象的理論, 譬如中西文學模擬論中的差距, 譬如自然現象、人事層、作者的內心世界不同的偏重等)、及相應變化的語言策略 (見(B))。作者對象的確立、運思活動的程序、美感經驗的源起的考慮, 各自都產生不同的

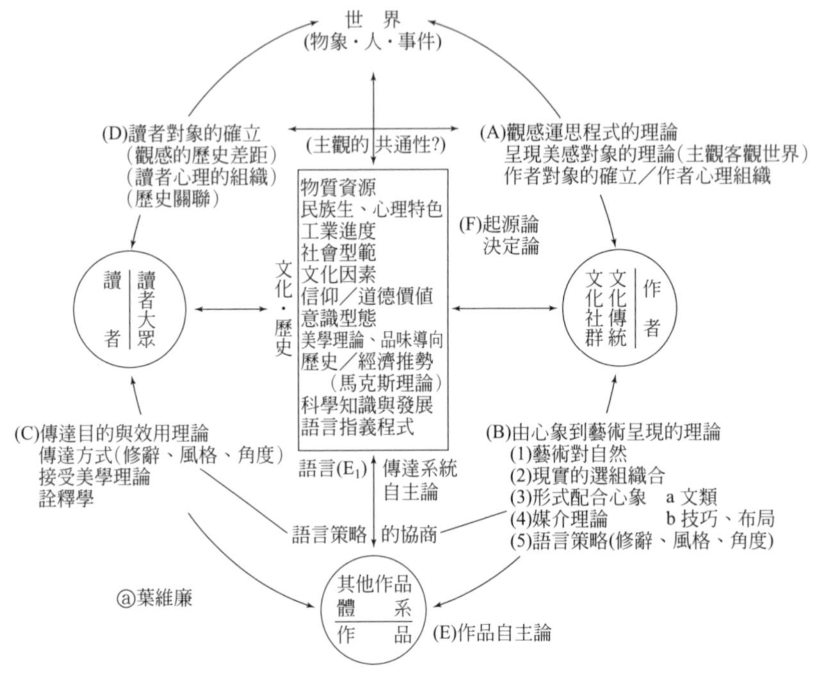

理論。

(B)作者觀、感世界所得的經驗（或稱為心象），要通過文字將它呈現、表達出來，這裡牽涉到藝術安排設計（表達）的幾項理論，包括(1)藝術（語言是人為的產物）能不能成為自然的討論。(2)作者如何去結構現實：所謂「普遍性」即是選擇過的部分現實；所謂「原始類型」的經驗即是「減縮過」的經驗。至於其他所提供的「具體的普遍性」、「經驗二分對立現象」，如李維史陀 (Lévi-Strauss) 的結構主義所提出的、如用空間觀念統合經驗、用時間觀念串連現實、用卦象互指互飾互參互解的方式貫徹構織現實，都是介乎未用語與用語之間的理論。(3)形式如何與心象配合、協商、變通。這裡可以分為兩類理論：(a)文類的理論：形成的歷史，所負載的特色、配合新經驗時所面臨的調整和變通等（請參照前面有關「文類」的簡述）。⒝技巧理論。⑷語言作為一種表達媒介本身的潛能與限制的討論，如跨媒體表現問題的理論。⑸語言策略的理論，包括語言的層次，語法的處理，對仗的應用，意象、比喻、象徵的安排，觀點、角度……等。有些理論集中在語言的策略如何配合原來的心象；但在實踐上，往往還會受制於讀者，所以有些理論會偏重於作者就「作品對讀者的效用」（見⒞）和「讀者的歷史差距和觀感差距」（見⒟）所作出的語言的調整。

⒞一篇作品的成品，可以從作者讀者兩方面去看。由作者方面考慮，是他作品對讀者的意向，即作品的目的與效果論（「教人」、「感人」、「悅人」、「滌人」、「正風」、「和政」、「載道」、「美化」……）。接著這些意向所推進的理論便是要達成目的與效用的傳達方式，即說服或感染讀者應有的修辭、風格、角度的考慮。（這一部分即與⒝中語言策略的考慮相協調。）

從讀者（包括批評家）方面考慮，是接受過程中作品傳達系統的認識與讀者美感反應的關係。譬如有人要找出人類共通的傳達模式（如以語言學為基礎的結構主義所追尋的所謂「深層結構」，如語言作為符號所形成的有線有面可尋的意指系統）。

由作者的意向考慮或由讀者接受的角度考慮都不能缺少的是「意義如何產生、意義如何確立」的詮釋學。詮釋學的理論近年更由「封閉式」的論點（主張有絕對客觀的意義層）轉而為「開放式」的探討：一個作品有許多層意義，文字裡的，文字外的，由聲音演出的（語姿、語調、態度、情緒、意圖、意向），與讀者無聲的對話所引起的，讀者因時代不同、教育不同、興味不同而引發出來的……「意義」是變動不居，餘緒不絕的一個生長體，在傳達理論研究裡最具哲學的深奧性。

(D)讀者（包括觀眾）既然間接的牽制著作者的構思、選詞、語態，所以讀者對象的確立是很重要的，但作者只有一個，往往都很難確立，讀者何止千萬，我們如何去範定作者意屬的讀者群（假定有這樣一個可以辨定的讀者群的話）？作者在虛實之間如何找出他語言應有的指標？反過來說，如果作者有一定的讀者對象作準（譬如「普羅」、「工農兵」、「婦解女性」、「教徒」……），其選擇語言的結果又如何？讀者對象在作者創作上的美學意義是什麼？他觀、感世界的視限（歷史差距）和作者的主觀意識間有著何種相應的變化？因為這個差距，於是亦有人企圖發掘讀者心理的組織，試著將它看作與作者心理結構互通的據點，所謂「主觀共通性」的假設。這裡頭問題重重。這個領域在我國甚少作理論上的探討，而在外國亦缺乏充分的發展。顯而易見，這個領域的理論雖未充分發展，但俱發生在創作與閱讀兩個過程裡。事實上，從來沒有人能夠實際的「自說自話」。

(E)一篇作品完成出版後，是一個存在。它可以不依賴作者而不斷的與讀者交往、交談；它不但能對現在的讀者，還可以跨時空的對將來的讀者傳達交談。所以有人認為它一旦寫成，便自身具有一個完整的傳達系統，自成一個有一定律動自身具足的世界，可以脫離它源生的文化歷史環境而獨立存在。持這個觀點的理論家，正如我前面說過的，一反一般根植於文化歷史的批評，而專注於作品內在世界的組織。（俄國形式主義、新批評、殷格頓的現象主義批評）接近這個想法，而把重點放在語言上的是結構主義，把語言視為一獨立自主超脫時空的傳達系統，而把語言的歷史性和讀者的歷史性一同視為次要的、甚至無關重要的東西。這是作品或語言自主論最大的危機。

(F)由以上五種導向可能產生的理論，不管是在觀、感程式、表達程式、傳達與接受系統的研究，作者和讀者對象的把握，甚至於連「作品自主論」，無一可以離開它們文化歷史環境的基源。所謂文化歷史環境，指的是最廣的社會文化，包括「物質資源」、「民族或個人生理、心理的特色」、「工業技術的發展」、「社會的型範」、「文化的因素」、「宗教信仰」、「道德價值」、「意識形態」、「美學理論與品味的導向」、「歷史推勢（包括經濟推勢）」、「科學知識與發展」、「語言的指義程式的衍化」……等。作者觀、感世界和表達他既得心象所採取的方式，是決定於這些條件下構成的「美學文化傳統與社群」；一個作品的形成及傳達的潛能，是決定於這些條件下產生的「作品體系」所提供的角度與挑戰；一個作品被接受的程度，是決定於這些條件所造成的「讀者大眾」。

但導向文化歷史的理論，很容易把討論完全走出作品之外，背棄作品之為作品的美學屬性，而集中在社會文化現象的縷述。尤有進者，因為只著眼在社會文化素材作為批評的對象，往往會為一種意識型態服役而走上實用論，走上機械論，如庸俗的馬列主義所提出的社會主義現實主義。但考慮到歷史整體性的理論家，則會在社會文化素材中企圖找出「宇宙秩序」（道之文——天象、地形）、「社會秩序」（人文——社會組織、人際關係）及「美學秩序」（美文——文學肌理的構織）三面同體互通共照，彷彿三種不同的意符（自然現象事物、社會現象事物、語言符號）同享一個脈絡。關於這一個理想的批評領域仍待發展。一般導向文化歷史的理論的例子有(a)作者私生活的發掘，包括心理傳記的研寫；(b)作者本職的研究，包括出版與流傳的考證；(c)社會形象的分析；(d)某些社會態度、道德規範的探索，包括精神分析影響下的行為型範（如把虐待狂和被虐待狂視作一切行為活動的指標)；(e)大眾「品味」流變的歷史；(f)文學運動與政治或意識形態的關係；(g)經濟結構帶動意識形態的成長；比較注重「藝術性」，但仍未達致上述理想的批評領域的有(h)文類與經濟變遷的關係；(i)音律、形式與歷史的需求；或(j)既成文類和因襲形式本身內在衍化的歷史與社會動力的關係。一般說來，歷史與美學、意識形態與形式的融合還未得到適切的發展。

我們在中西比較文學的研究中，要尋求共同的文學規律、共同的美學據點，首要的，就是就每一個批評導向裡的理論，找出它們各個在東方西方兩個文化美學傳統裡生成演化的「同」與「異」，在它們互照互對互比互識的過程中，找出一些發自共同美學據點的問題，然後才用其相同或近似的表現程序來印證跨文化美學匯通的可能。但正如我前面說的，我們不要只找同而消除異（所謂得淡如水的「普通」而消滅濃如蜜的「特殊」），我們還要藉異而識同，藉無而得有。在我們計畫的比較文學叢書中，我們不敢說已經把上面簡列的理論完全弄得通透，同異全識，歷史與美學全然匯通；但這確然是我們的理想與胸懷。這裡的文章只能說是朝著這個理想與胸懷所踏出的第一步。在第二系列的書裡，我們將再試探上列批評架構裡其他的層面，也許那時，更多「同異全識」的先進不嫌而拔刀相助，由互照推進到互識，那麼，我們的第一步便沒有虛踏了。

葉維廉

1982年10月於聖地雅谷

附錄：比較文學論文叢書第一批目錄

一、葉維廉：《比較詩學》

二、張漢良：《比較文學理論與實踐》

三、周英雄：《結構主義與中國文學》

四、鄭樹森：《中美文學因緣》（編）

五、侯健：《中國小說比較研究》

六、王建元：《雄渾觀念：東西美學立場的比較》

七、古添洪：《記號詩學》

八、鄭樹森：《現象學與文學批評》

九、陳鵬翔：《主題學研究論文集》（編）

參考書目：

這裡只列舉其要，分中西方兩部分，著重理論及問題的探討。因為本文舉了不少西方的例子，先列西方典籍與論文。

甲：外文

一、比較文學理論：

Wellek & Warren. *Theory of Literature*. 3rd.ed: 1962

Aldridge, A. Owen, ed. *Comparative Literature: Matter and Method*, 1969

Stallknecht N. P. and Horst Frenz, ed. *Comparative Literature: Method and Perspective*, Rev.ed; 1971

Etiemble, René, *Comparaison nést pas raison: La Crise de la Littérature Comparée,* 1963; English Version: *The Crisis in Comparative Literature*, tr. G. Joyaux and H. Weisinger (Michigan

State U. Press, 1966)

Guillén, Claudio, *Literature as System: Essays Toward the Theory of Literary History*, 1971

Van Tieghem, Paul, *La Littérature Comparée*, 1931（中文版：戴望舒譯：《比較文學論》商務，一九六六臺版）

Weisstein, Ulrich, *Comparative Literature and Literary Theory*, 1973

V. M. Zhirmunsky, "On the Study of Comparative Literature", *Oxford Slavic Papers*, 1967

二、比較文學與中世紀文學：

Curtius, E. R., *European Literature and the Latin Middle Ages*, tr. W. R. Trask, 1973

三、「世界文學」的觀念：

Strich, Fritz, *Goethe and World Literature*, tr. C. A. M. Sym, 1949

Remak, Henry H. H., "The Impact of Cosmopolitanim and Nationalism on Comparative Literature from the 1880s to the post-World War II Period", *Proceedings IV*, Vol. 1: 390–397

四、比較文學專題研究：

Block, Haskell M., "The Concept of Influence in Comparative Literature", *YCGL 7* (1958): 30–37

Guillén, Claudio, "The Aesthetics of Literary Influence", in *Literature as System* 1971: 17–52

Guillén, Claudio, "A Note on Influences and Conventions", in *Literature as System*, 53–68

Wai-lim Yip, "Reflections on Historical Totality and the Studies of Modern Chinese Literature", *Tamkang Review*, 10.1–2 (Autumn & Winter, 1979): 35–55

Ihab Hassan, "The Problem of Influence in Literary History: Notes Toward a Definition", *Journal of Aesthetics and Art Criticism*, 14 (1955): 66–76

Arrowsmith, William & Roger Shattuck, eds. *The Craft and Content of Translation*, 1961

Brower, Reuben A., ed. *On Translation*, 1966

Wellek, René, "Periods and Movements in Literary History", *English Institute Annual for* 1940

Poggioli, Renato, "A Symposium on Periods", *New Literary History: A Journal of Theory and Interpretation, I.* (1970)

Miles, Josephine, "Eras in English Poetry", *PMLA*, 70 (1955): 853–75

Examples of Period Studies

1. Renaissance: Panofsky, Erwin, "Renaissance and Renascences", *Kenyon Review*, 6 (1944): 201–36
2. Classicism: Levin, Harry, "Contexts of the Classical", *Contexts of Criticism*, (Cambridge, Mass., 1957): 38–54
3. Baroque: Wellek, René, "The Concept of Baroque in Literary Scholarship," *Journal of Aesthetics*, 5 (1946): 77–109
4. Romanticism: Wellek René, "The Concept of Romanticism in Literary Scholarship", *Comparative Literature 1* (1949): 1–23, 147–72

5. Realism: Harry Levin, "A Symposium on Realism", *Comparative Literature 3* (1957): 193–285

Guillén, Claudio, "On the Uses of Literary Genre", *Literature as System*: 107–34

Levin, Harry, "Thematics and Criticism", *The Disciplines of Criticism*, ed. P. Demetz, T. Greene and L. Nelson, 1968: 125–45

E. Auerbach, *Mimesis*, tr. W. R. Trask, 1953

Monro, Thomas, *The Arts and Their Interrelations*

Praz, Mario, *Mnemosyne: The Parallel between Literature and the Visual Arts*, 1970

L. Spitzer, *Liguistics & Literary History*, 1948

N. Frye, *Anatomy of Criticism*, 1957

五、文學理論：（從略）

乙：中文

一、比較文學理論：

1. 錢鍾書：《談藝錄》（上海：開明，一九三七）（部分）
2. 錢鍾書：《舊文四篇》（上海：上海古籍，一九七九）（部分）
3. 錢鍾書：《管錐篇》三冊（香港：太平，一九八〇）（部分）
4. 陳世驤：《陳世驤文存》（臺北：志文，一九七二）
5. 劉若愚：《中國文學理論》（杜國清譯，臺北：聯經，一九八一）
6. 葉維廉：《飲之太和》（臺北：時報，一九七八）
7. 葉維廉編：《中國古典文學比較研究》（臺北：黎明，一九七七）
8. 鄭樹森、周英雄、袁鶴翔：《中西比較文學論集》（臺北：

時報，一九八〇）

9. 袁鶴翔：〈中西比較文學定義的探討〉，《中外文學》四卷三期（八・一九七五）二四一五一；〈他山之石：比較文學、方法、批評與中國文學研究〉，《中外文學》五卷八期（一一・一九七七）六一一九

10. 顏元叔：〈何謂比較文學〉，見顏著：《文學的史與評》（臺北：四季，一九七六）一〇一一一〇九

11. 張漢良：〈比較文學研究的範疇〉，《中外文學》六卷十期（三・一九七八）九四一一一三

12. 李達三：《比較文學研究之新方向》（臺北：聯經，一九七八）

13. 古添洪：〈中西比較文學：範疇、方法、精神的初探〉，《中外文學》七卷十一期（四・一九七八）七四一九四

14. 鄭樹森：《文學理論與比較文學》（臺北：時報，一九八二）

二、比較文學專題研究：

見鄭樹森的〈比較文學中文資料目錄〉，刊在前列《中西比較文學論集》三六一一四一二，極為詳盡，內分：

A、理論

B、影響研究

㈠中國與西方

㈡中英

㈢中法

㈣中德

㈤中俄

㈥中美

㈦中日

⑻中韓

⑼中印

C、平行研究

㈠詩

㈡小說

㈢戲劇

㈣文學批評

㈤其他

因為極為詳盡，在此不再另列。

丙：專刊中西比較文學的刊物

1.《中外文學》（臺灣大學外文系出版）

2. *Tamkang Review*（臺灣淡江大學外文系出版）

3. 香港中文大學比較文學研究中心不定期集刊，已出版的有二冊：

(a) Tay, Chou & Yuan, eds. *China and the West: Comparative Literature Studies*, 1980

(b) J. Deeney, ed. *Chinese-Western Comparative Literature: Theory & Strategy*, 1980

比較詩學序

在〈總序〉與〈東西比較文學中模子的應用〉之間，已經沒有再寫「序」的需要。關於下面的文章，它們本身是最好的說明，所以也無需費詞。這裡我想敘述一下我走上比較文學的歷程及當時的文化環境，對後來者或會有些反省作用。

在我認識比較文學作為一種學科和進而作深切的哲學思考之前，我已經不知不覺的進入了比較文學的活動。我說「活動」，因為還不是有方法可循、經過分辨思考的研究。這話怎樣說呢？

第一，像我的同代人一樣，我是承著五四運動而來的學生與創作者。五四本身便是一個比較文學的課題。五四時期的當事人和研究五四以來文學的學者，多多少少都要在兩個文化之間的運思方法、表達程序、呈現對象的取捨等，作某個程度的參證與協商，雖然這種參證與協商，尤其是早期的作家和學者，還停留在「直覺印象」的階段，還沒有經過哲學式的質疑。事實上，五四到現在，很多人看文學是持著這樣一個假定：「文學一律、中西相同。」至於這「一律」，即我在〈總序〉中稱之為「共同的文學規律」，究竟應該如何建立與認定，在我創作及進入學術研究的初期，是完全沒有人提出的。於是，很多人很輕易的襲用了外來的批評尺度，做了許多判斷。譬如當時有人認為中文要不得，太缺乏細分的文法法則，太缺乏邏輯語法。他們不明白（或應說明白而不願去正視）中文文法不細分（即不像西洋那樣一個管一個、有時連轉身的餘地都沒有的嚴厲)，反而使得想像的空間大增，餘弦餘緒更加能被豐富的保留下來。我們現在想來，中國的語言學家實在不必亦步亦趨的把中文硬硬的套入西洋文法的格局裡。王力先生的《漢語詩律學》是個巨製，但對他用西洋語法公式來套中國文言句法的處理，我始終認為是一個損失。又譬如當時有人說，中國畫不合透視（指的是西洋的透視)，不科學，所以不好；而當時西方的畫家，要掙脫的正是「死法」的透視，而想進入「活法」的無透視或多重透視。

但另一方面，五四也提供了不少我們做比較文學的基礎。首先，是開放的精神，使得我們幾乎來者不拒地一下子接受了不少外來的文學運動、主義、理論、方法、題旨，使我們了解西方文學的程度遠遠地超出西方人了解東方文學的程度。誠然，當時接受西方是缺乏哲學質疑的辨識力的，在美學含義及價值判斷上頗為含糊者很多。但由於精神開放，接觸了多樣的文學規律，慢慢也孕育了我們後來的辨識力和反省的耐心。就是一般的讀者，因為接觸多了外來的文學（數量與幅度比外國人看中國文學超出很多很多也是肯定的)，對浪漫主義和現實主義也都有了初步的認識。再者，五四還提供了新理論試驗的果實，讓我們後來者沉思和回顧。如王國維（王國維在「他山之石」的借用上和五四精神是相通的）把悲劇觀念應用到《紅樓夢》的討論，如宗白華用西方美學的觀念對中國美學境界的重新審視，如朱光潛對直覺表現和中國意境的參證，如梁宗岱對「詩與真」的探索，如郁達夫把文學分成現在、過去、將來的觀點所細分的表達與語言的技巧，如茅盾在大家所熟知的現實主義論文以外的語言風格的分析，如李健吾、朱自清、曹葆華、李廣田通過現代理論對詩的肌理及文字藝術的剖析，如錢鍾書《談藝錄》一些章節對平行比較的提示……都能使我們在創作行為與理論架構的探求上作種種重估的反省，雖然當時還沒有做到「同異全識」、涇渭分明的了解。

第二個因素使我進入比較文學「活動」的，是詩的創作。寫詩的人當然要讀詩。他們讀詩或者不會比專家深，但常常比專家寬而雜。對詩人來說，古今中外的詩，只要得到手，只要是懂得的語言，他都會讀。文學便是文學，沒有什麼中文系、外文系的楚河漢界。我在學生的時代，心中常常覺得這種硬分只有辨事上的方便，而無「認識文學最終本質」的推進作用。讀書是要打開胸懷，分門別户則是閉關自守，為什麼不直稱文學系呢？（我目前執教的加州大學聖地雅各分校用的就是「文學系」，其目的也是要讓多樣性的文學互為修飾互為指證之意。這是後話。）

因為讀的詩不分中外，在同異之間不免有些發現。對一般人掛在口邊的「詩便是詩，中外一律」便不那樣輕信。詩便是詩，可以說，深層裡確有些共同的迴響。但詩未必中外一律。詩的律法何止千種！而每種律法後面另有其美學的含義。由是，我漸漸便發現中國詩很多由特異語法構成的境界、氣味，是英文語法無法捉摸的，是帶有西方語態的白話難以呈現的。驚嘆叫絕之餘，暗藏了我後來要發掘中國傳統美學含義的決心。

第三，真正使我由這些直覺的了解而進入分辨性地研究比較文學的，是我在譯詩過程中得到的啟悟。翻譯，我曾稱之為兩個文化之間的 Pass·port，我把 Passport（護照）這個字折為兩個字，轉意為「通驛港」，是因為在翻譯的瞬間，兩國的文化相接觸、相調協。在翻譯的過程中，譯者一面要了解甲語言的表現動能及其文化中的美學含義，一面要掌握乙語言的表現動能和限制以及與之相息相關的文化美學的含義。甲語言中所表現的乙語言未必能表現，因為乙語言所牽帶著的美學假定未必和甲語言中的美學假定相符合，事實上有時恰恰相反。我們如何去調整乙語言的結構來反映甲語言中的境界呢？是這樣的考慮使我由含糊的比較文學「活動」進入了識辨的比較文學研究。我想我的第一篇文章應該是一九六〇年的〈靜止的中國花瓶〉。我說這是第一篇而不是一九五七年我讀臺大三年級時寫的〈陶淵明的「歸去來辭」與庫萊的「願」的比較〉，是有原因的。〈陶〉文當然屬於比較文學的研究，因為雖然不甚成熟，裡面還是有同異的分辨。但那時到底年輕些，還沒有對於同異的緣由作尋根的認識。可是在〈靜〉文裡，我特別指出舊詩中的文言語法，反映中國獨特的美學觀點，是英文語法無法做到的，英文語法應用到中國詩的翻譯上，往往會把原詩的觀物形態完全破壞。該篇的主題是研究艾略特如何打破了西洋慣用語法，達致了某些中國詩中的效果。這篇仍然不甚成熟的文章，無形中種下了我對中國美學作尋根探固的種子。但這兩篇文章都是在我出國之前，進入比較文學系之前，在創作以外的牛刀小試，說不上什麼有系統的了解。

我決定進入普林斯頓的比較文學系，是偶然的。我在寫〈靜〉文之前，在我大二的時候，曾經寫過一篇草稿，是論英譯中國詩的，說老實話，我當時沒有什麼資格寫這樣一篇文章。但我當時竟大膽用那種言不及義的英文去寫，實在是被逼出來的。看著 Giles, Fletcher, Bynner, Christy, Jenyns, Waley 等人解說式的翻譯，我急起來，氣起來。原有的、我們可以自由活動的空間和境界完全被破壞了。寫那篇文章是一種氣，是一種抗議的意思。那篇草稿當然沒有寫完（當時只有我的大一英文老師看過）。但要為中國詩的境界「正名」的想法則始終未失去。是這個「使命」使我在論艾略特的碩士論文（英文）裡加上了〈靜〉文作一章。我當時約略有個想法。第一，通過翻譯的討論和翻譯改正外國人對中國詩的誤解——這個工作我後來一直沒有停過，如 *Ezra Pound's Cathay* (Princeton, 1969), *Hiding the Universe: Poems of Wang Wei*《王維詩選譯》(Grossman, 1972), *Chinese Poetry: Major Modes and Genres*《中國古典詩舉要》(Univ. of California Press, 1976)；第二，中國文學批評中美學據點的說明。但我當時也沒有採取什麼行動。

是我在 Iowa City 的「詩作坊」(Poetry Workshop) 寫詩和在「翻譯坊」(Translation Workshop) 翻譯的時候（當時翻的是中國現代詩，即後來出版的 *Modern Chinese Poets*, Iowa Press），「翻譯坊」的主持人 Edmund Keeley，在偶然的機會裡索取了〈靜〉文去看，而激發了他濃厚的興趣，認為我應該到普林斯頓大學（他平常教書的地方）去攻讀即將成立的比較文學。就是這樣我開始了學者的生涯的。

但我進入了比較文學系，並不表示一切可以有軌可循。正如我在〈總序〉上提到的，中西比較文學的研究，究竟如何尋出「共同的文學規律」？如何建立「共同的美學據點」？我們能不能、或應不應該用甲文化批評的模子來評價乙文化的文學？用了以後有多少程度的歪曲？我們如何可以調整改正？這些問題，在我當研究生的時代，完全沒有被提出來，完全沒有人幫我解答。因為在西方的學院裡，用西方柏拉圖、亞理斯多德以來的批評模子去評理文學被視為一種「當然」！所以美國大學裡雖然開有東西比較文學的課，但大都仍然受限於西方批評模子中的美學假定。我個人雖曾從五四的一些學者，如前述的宗白華、朱光潛、錢鍾書及後來認識的陳世驤先生的文章裡得到不少啟示，但作為純學理上方法上對於兩個文化美學據點同異識辨的自覺，當時還沒有人提出，中英文都沒有。換言之，一個中國學生研究東西比較文學時，從何入手呢？有許多美國的學校，毫無計劃地請你去修中國文學的課和修英國文學的課，彷彿修了兩面的課，方法便垂手可得。事實上不然。很多人還是用一個文化的模子去主宰另一個文化的文學，因循歪曲。是為了打破這個桎梏，我開始寫我的比較詩學的論文，目的是提供一些角度，使讀者看到問題的所在，提高他們同異的識辨力。在此時此刻，誰都不敢說能做到包羅一切美學的問題。這只有大家共同努力才可以慢慢做到「同異全識」。

我必須提到臺大和我的關係，才算說完我的歷程。臺大是孕育我文學知識的母校，我一九六九年得朱立民、顏元叔兩位教授，一師一友的幫助，兩度回臺大當客座教授，除了共同建立比較文學博士班之外（第一度回國時還有胡耀恆教授），還開展了以後四年一度的國際比較文學大會，和淡江的諸友合作舉辦。是在臺大的教室裡和大會之間，我發展了本書中大部分主要的文章。其中有關模子的文章是在第二屆大會唸的報告，同時發表在《中外文學》上。關於中西山水美感意識的一文，其雛型是在比較文學會中作的演講（和林文月教授同時從不同的角度討論山水詩的生成演變），其他的文章雖成形於加州，很多想法都曾在教室裡先發揮過。所以這本書的出版，也可以算是我向臺大母校獻出的一分心意。此記。

一九八二年秋。

給臺大在四四—四八年間

孕育過我的師長

比較詩學　目次

東西比較文學中模子的應用

讓我們從寓言或事件中學習:

> 話說，從前在水底裡住著一隻青蛙和一條魚，他們常常一起泳耍，成為好友。有一天，青蛙無意中跳出水面，在陸地上遊了一整天，看到了許多新鮮的事物，如人啦，鳥啦，車啦，不一而足。他看得開心死了，便決意返回水裡，向他的好友魚報告一切。他看見了魚便說，陸地的世界精彩極了，有人，身穿衣服，頭戴帽子，手握拐杖，足履鞋子；此時，在魚的腦中便出現了一條魚，身穿衣服，頭戴帽子，翅挾手杖，鞋子則吊在下身的尾翅上。青蛙又說，有鳥，可展翼在空中飛翔；此時，在魚的腦中便出現了一條騰空展翼而飛的魚。青蛙又說，有車，帶著四個輪子滾動前進；此時，在魚的腦中便出現了一條帶著四個圓輪子的魚……。

這個寓言告訴了我們什麼? 它告訴了我們好幾個有關「模子」及「模子」的作用的問題。首先，我們可以說，所有的心智活動，不論其在創作上或是在學理的推演上以及其最終的決定和判斷，都有意無意的必以某一種「模子」為起點。魚，沒有見過人，必須依賴他本身的「模子」，他所最熟識的樣式去構思人。可見，「模子」是結構行為的一種力量，使用者可以把新的素材來拼配一個形式，這種行為在文學中最顯著的，莫過於「文類」(Genre) 在詩人及批評家所發揮的作用。詩人在面臨存在經驗中的素材時，必須要找出一個形式將之呈現，譬如「商籟」體或「律詩」的形式的應用，以既有的一組美學上的技術，策略，組合方式，而試圖去蕪存真，從虛中得實，從多變中得到一個明澈的形體，把事物的多面性作一個有秩序的包容，而當該「模子」無法表達其所面臨的經驗的素材時，詩人或將「模子」變體，增改衍化而成為一個新的「模子」；而批評家在面臨一作品時，亦必須進入這一個結構行為衍生的過程，必須對詩人所採取的「模子」有所認識，對其拼配的方式及其結構時增改衍化的過程有所了解，始可進入該作品之實況。是故歸岸氏 (Claudio Guillén) 在其〈文類的應用〉(On the Uses of Literary Genre) 說：

> 文類引發構形……文類同時向前及向後看。向後，是對過去一系列既有的作品的認識，……向前，文類不僅會激發一個嶄新作品的產生，而且會逼使後來的批評者對新的作品找出更完全的形式的含義……文類是一個引發結構的「模子」。❶

但「模子」的選擇及選擇以後應用的方式及其所持的態度，在一個批評家的手中，也可以引發出相當狹隘的錯誤的結果。我們都知道魚所得到的人的印象是歪曲的，我們都知道錯誤在那裡，那便是因為魚只局限於魚的「模子」，他不知道魚的「模子」以外人的「模子」是不同的，所以無法從人的觀點去想像、結構及了解人。跳出自己的「模子」的局限而從對方本身的「模子」去構思，顯然是最基本最急迫的事。

❶ Claudio Guillén, *Literature as System* (Princeton, 1971), pp. 109, 119.

證諸文學，大家第一個反應很可能是：文學是人寫的，不是別的動物寫的，我們眼前的成品乃根據人的「模子」而來，是人，其有機體的需要，其表達上的需要，必有其基本的相同性相似性，因而（我們聽到許多的批評家立論者說），只要我們抓住這一個基本不變的「模子」及其結構行為的要素，便可放諸四海而皆準。這一個系統便可應用到別的文化中的文學作品去。這一點假定，不只見於中西的文學理論家，亦見於其他學科的研究方法上。但事實上呢？事實上並不那麼乾淨俐落。首先，我們不知道所謂「基本不變的模子」怎樣建立才合理？其次，我們深知人們經常的使用著許許多多各有歷史來由、各不相同、甚至互相牴觸的「模子」去進行結構、組合、判斷。我們或許可以如此相信：在史前時的初民，如未受文化枷鎖的孩童一樣，有一段時間是浸在最質樸元始的和諧裡，沒有受到任何由文化活動成長出來的「模子」的羈絆，是故能夠如孩童一樣直接的感應事物的新與真，能在結構行為中自由發揮，不受既定思維形式的左右，不會將事象歪曲。但文化一詞，其含義中便有人為結構行為的意思，去將事物選組成為某種可以控制的形態，這種人為的結構行為的雛形（文化模子的雛形）因人而異，因地而異，卻是一個歷史的事實。至於那一個文化的模子較接近元始和諧時的結構行為和形式，我們暫且不論；但文化模子的歧異以及由之而起的文學模子的歧異，我們必須先予正視，始可達成適當的了解。我們固然不願相信有人會像魚那樣歪曲人的本相，但事實上呢，且先看下列兩段話：

> 中國人在其長久的期間把圖畫通過象形文字簡縮為一個簡單的符號，由於他們缺乏發明的才能，又嫌惡通商，

> 至今居然也未曾為這些符號再進一步簡縮為字母。
> *The Works of the Right Reverend William Warburton*, ed. R. Hurd, 7 vols. (London, 1778) III, 404
> 鮑斯維問撒姆爾・約翰生 (Samuel Johnson)：閣下對於他們的文字（指中文）有何意見?
> 約翰生說：先生，他們還沒有字母，他們還無法鑄造成別的國家已鑄造的!
> *Boswell's Life of Johnson*, ed. G. B. Hill & L. F. Powell, III, 389.

好像是說英文字母（印歐語系字母）那種抽象的，率意獨斷的符號才是最基本的語言符號似的！而不問為什麼有象形文字，其結構行為又是何種美感作用，何種思維態度使然。這不只是井底之見，而是在他們的心中，只以一個（他們認為是絕對優越的）「模子」為最終的依歸！我們並不說象形文字是絕對優越的，因為如此說，也便是犯了墨守成規的錯誤了。但我們應該了解到象形文字代表了另一種異於抽象字母的思維系統：以形象構思，顧及事物的具體的顯現，捕捉事物併發的空間多重關係的玩味，用複合意象提供全面環境的方式來呈示抽象意念，如「詩」字同時含有「言」，一種律動的傳達（言，[illegible]，口含笛子）及「㞢」，一種舞蹈的律動（㞢的雛形是[illegible]，足踏地面，既是行之止——今之「止」字——亦是止之將行——今之「之」字）。有了以上的認識，更可同時了解到字母系統下思維性之趨於抽象意念的縷述，趨於直線追尋的細分、演繹的邏輯發展。二者各具所長，各異其趣。缺乏了對「模子」的尋根的認識，便會產生多種不幸的歪曲。或說，以上二人，像魚一樣，因未熟識另一個「模子」，所以無辜。但對於近百年來漢詩的英譯者呢？（譯者可以說是集讀者、批評家、詩人的運思結構行為於一身的人。）他們在接觸中國詩之初，心裡作了何種假定，而這種假定又如何的阻礙了他們對中國詩中固有美學模子的認識，我曾多次在文章中提出這個問題來，在此不另複述❷，現只就與「模子」有關部分的討論再行申述，我說：

> 凡近百年，中國詩的英譯者一直和原文相悖，在他們的譯文中都反映著一種假定：一首中國詩要通過詮釋方式去捕捉其義，然後再以西方傳統的語言結構重新鑄造……他們都忽略了其中特有美學形態，特有語法所構成的異於西方的呈現方式。❸
>
> 所有的譯者都以為文言之缺少語法的細分、詞性的細分，是一種電報式的用法——長話短說，即英文之所謂 longhand 之對 shorthand（速記）——所以不問三七二十一的，就把 shorthand（速記的符號）譯為 longhand（原來的意思），把詩譯成散文，一路附加解說以助澄清之功。非也！所謂缺乏細分語法及詞性的中國字並非電報中簡記的符號，它們指向一種更細緻的暗示的美感經驗，是不容演繹、分析性的「長說」和「剝解」（西方語言結構

❷ "The Chinese Poem: A Different Mode of Representation " *Delos* 3, pp. 62–79; *Ezra Pound's Cathay* (Princeton, 1969), ch. I.〈從比較的方法論中國詩的視境〉，見《中華文化復興月刊》四卷五期（一九七一年五月）。"Classical Chinese Poetry and Modern Anglo-American Poetry: Convergence of Languages and Poetics", *Comparative Literature Studies*, Vol. XI, No. 1 (March 1974), pp. 21–47.

❸ 見❷之一，頁六二。

> 的特長）所破壞的……中國詩的意象，在一種互立並存的空間關係之下，形成一種氣氛，一種環境，一種只喚起某種感受但不將之說明的境界，任讀者移入境中，並參與完成這一強烈感受的一瞬之美感經驗，中國詩的意象往往就是具體物象（即所謂「實境」）捕捉這一瞬的元形。❹

這種美感經驗的形式顯然是和中國文字的雛形的觀物傳達的方式息息相關的。對中國這個「模子」的忽視，以及硬加西方「模子」所產生的歪曲，必須由東西的比較文學學者作重新尋根的探討始可得其真貌。（有關究竟中國詩如何才可以譯得近乎元形而不受過度的歪曲，我在 "Classical Chinese Poetry and Modern Anglo-American Poetry: Convergence of Languages and Poetics", *CLS*, Vol. XI, No. 1, March 1974 另有提供，在此不論。略有增減的中文版見本書〈語法與表現〉一文）

類似上述的歪曲現象同時發生在別的學術領域中，許多學者們口裡雖不承認，但他們心中經常有一個未被說明的假定，他所用的格物的「模子」必亦可以通用於別的經驗領域。譬如初期的考古人類學者和社會學者，在探究原始民族的文化模式時，往往就依賴一個西方的科學統計學加上西方歷史中歸納出來的文化觀念與價值，來判定非洲某族某族是野蠻、落後、沒有文化，而不知道他們所追求的所謂文化價值只是有限度的一面（如工業進步，物質進步，邏輯思維系統等），他們不知道這些民族有另外的一套宇宙觀，另外一種精神價值，而它們正是西方社會所缺乏的，甚至是最需要的。近年來的考古人類學家

❹ 見❷之四，頁二六。

和社會學家才逐漸的知道他們所持的「模子」的限制而開始加以修正。我們再看美國研究所謂少數民族文學所引起的問題，為什麼許多黑人領袖如此激烈地要求其美國黑人(Afro-American) 文化和文學的研究必須由黑人——最好是非洲來的黑人來主持呢，就是因為他們發現數百年來，黑人文化的形象完全是透過白人的有色眼鏡而看的，他們文化的本相始終未逃出白人觀念的左右；他們甚至發現到許多黑人本身，由於浸淫在白人的意識形態太久，乃至不能脫穎而出。我提出這個現象，不外指出「模子」誤用所產生的破壞性。

「模子」的尋根的認識既然如此重要，我們應該如何去進行呢？況且，「模子」所採取的方式繁多，有觀念的「模子」，如宇宙觀、自然觀，有美感經驗形態與語言模式略如上面所述，有創作過程中的文類、體制、主題、母題、修辭規律、人物典範。各個「模子」有其可能性及限制性，我們如何將其輪廓勾出、應用？寓言告訴了我們，甲「模子」不一定適用於乙「模子」。這個事實連帶提出了另一個問題來，那便是批評家所極力追求的所謂「共相」，柏拉圖之所謂 ideal forms，亞理斯多德所謂 Universal logical structures，這個「共相」能否建立？在兩個或三個或四個不同的文化系統中，我們能否找出一組共同的構思方式？要找這一個「共相」時，我們應該從亞理斯多德以還的邏輯思維系統出發嗎？我們現在都深知古希臘哲人的思維方式雖偉大，卻有其限制性，不可完全依賴。我們請看兩個近人的批評：

Jean Dubuffet 的〈反文化立場〉對西方文化有如下的批評（注意，其所謂反文化立場正代表文化立場的換位，即「棄西方的模子而肯定其他文化的『模子』之意」)：

> 西方文化相信人大別於萬物……但一些原始民族不相信人是萬物之主，他只不過是萬物之一而已。……西方人認為世界上的事物和他思維想像中的完全一樣，以為世界的形狀和他理性下規劃下來的形狀完全一樣……西方文化極喜分析……故把整體分割為部分，逐一的研究……但部分的總和並不等於整體。❺

我們再看 Charles Olson 在〈人的宇宙〉一文中的話：

> 希臘人跟著宣稱所有的思維經驗都可以包含在（他們發明的）「理體推理的宇宙」中……但理體推理……只是一個任意決定的宇宙……它大大的阻止了我們經驗的參與和發現……隨著亞理斯多德而來，出現了兩種方法，邏輯與分類……把我們的思維習慣緊緊縛住。❻

Robert Duncan 甚至說：「柏拉圖不只把詩人逐出其理想國，他把母親和父親一併逐出去，在其理性主義的極端的發展下，已經不是一個永恆的孩童的育院，而只是一個成年人，一個極其理性的成年人的育院。」❼這些反理性主義的批評容或過於激烈，但柏氏與亞氏極力從全面經驗（包括直覺感性經驗及理知經驗）中只劃出一部分而將之視為典範，這一個「模子」所發

❺ Jean Dubuffet, "Anticultural Positions" (1951)，見 Wylie Sypher, *Loss of the Self in Modern Literature and Art*，附錄 pp. 172–173。

❻ Charles Olson, *Selected Writings*, "Human Universe" (New York, 1950), pp. 54–55.

❼ Robert Duncan, "Rites of Participation: pt. I & II", in *A Caterpillar Anthology*, ed. Clayton Eshleman (New York, 1971), p. 29.

揮下去的可靠性便很可疑。所以當結構主義者之一 Lévi-Strauss 追求各種制度各種習俗各種文化下意識中共分的結構時，我們對其提供的方法便不得不存疑，且先聽他的自白：

> 考古人類學和語言學一樣，不是用比較的方式來支持歸納的法則，而是反過來做。假如……心的無意識的活動是在於把形式加諸內容上，如果這些形式在所有的心中——不論古今，不論原始人或文化人——基本上都是一樣的……我們必須把握住隱藏在各制度各習俗下面的無意識的結構方式，再找出一個可通用於各制度各習俗的詮釋的原理。❽

很好，「無意識的結構方式」便是說超越「意識活動」、「邏輯活動」的結構方式，但 Lévi-Strauss 提供了什麼方法呢？他用了電腦中的二元系統 (Binary system)，用了其中的線性歸劃 (linear programming) 以及資訊理論 (information theory) 中邏輯發展的假定，認為一切思維程序都是一組組正正負負的二元活動，如動物性對人性，自然對文化，生食與熟食等等。但一如 Dr. Leach 所批評的，這個系統只能解釋某些現象而已❾。而且，其所用的方法，仍是西方哲學發展下來的理性主義及科學精神，與無意識的結構活動是相剋相衝突的。雖然 Lévi-Strauss 對於原始民族的思維「模子」不無新的發現，但這種發現正是用了「模

---

❽ Lévi-Strauss, *Structural Anthropology* (Anchor Edition), p. 21.

❾ 見一九六五年的 *Annales* 上一文。更有系統的批判和了解，見 George Steiner, *Language and Silence* (New York, 1974), pp. 239–250。

子」的比較和對比。Lévi-Strauss 所面臨的困難，我們可以用海德格 (Martin Heidegger) 有關語言及思維之間的相剋相生的困擾來說明，海德格假想他和一個日本人對話：

海：我們的對話的危機隱藏在語言本身，並不在我們討論的內容，亦非我們討論的方式。

日人：但 Kuki 伯爵不是德、法、英語都說得挺不錯的嗎？

海：當然不錯。什麼問題他都可以用歐洲的語言討論，但我們討論的是「意氣」（氣、精神世界），而我在這方面對日文的精神卻毫無所知。

日人：對話的語言把一切改變為歐洲的面貌。

海：然而，我們整個對話是在討論東亞的藝術與詩的精髓呀！

日人：現在我開始了解危機在那裡；對話的語言不斷的把說明內容的可能性破壞。

海：不久以前，我愚笨的曾稱語言為「存在之屋」，假如人藉語言住在「存在」的名下，則我們就彷彿住在與東亞人完全不同的屋內。

日人：設若兩方的語言不只是不同而且壓根的歧異呢？

海：則由屋到屋之對話幾乎是不可能。❿

語言的「模子」和思維的系統是息息相關，不可分離的。Lévi-Strauss 用科學方法從神話中分出來的一間一間的「屋」，

❿ Martin Heidegger, *On the Way to Language*, trans. Peter D. Hertz (1971), "A Dialogue on Language Between a Japanese and an Inquirer", pp. 4–5.

也就未必能在其中交通。更重要的是，電腦所能分析的，往往還是知性理性活動的成品，不易於處理感性的直覺的經驗幅度，譬如詩的創作（我們當然也見過電腦詩，電腦音樂，電腦繪畫，但其異於人的創作中的活動性，變通性及出人意外的突發性卻是顯而易見的）。結構主義者最成功的文學探討，泰半在以意義層次結構為中心而帶較多知性活動的敘事文學（敘事詩、神話、寓言、戲劇），而對超脫知性的詩還沒有令人滿意的表現，其原因之一，便是詩中確有所謂「神來之筆」的機遇元素（英文可以稱之為 Chance elements）。這些「機遇元素」在電腦中固然亦有所謂或然率一項，但電腦中的或然率的歸劃最初是人為的，其能預測的幅度仍受個人對某一文化類型的了解所限制，其如何能達到超越一切文化類型的神算的能力，令人懷疑。我指的當然仍是詩中的機遇元素而言，對於它在物理律法中所能發揮的力量，因非我的知識範圍，我不敢虛妄言之。由此我們便可知 Lévi-Strauss 所應用的「模子」中所隱藏的危機。

我對這個問題的思索，亦使我有機會向我的幾位結構語言學家的友人提出了一些問題。他們，和其他的結構主義者一樣，亦執著的要求取「共相」的元素來建立所謂「深層結構」(Deep Structure)，他們往往仍用西方的「模子」出發，先建立一棵文法樹，再應用到別的語言上去，而當問及中文之超脫時態變化，Hopi 印第安語中不同的時間意念，Wintu 及 Tikopia 語中沒有單數複數之別……這些因素在他們所追尋的「深層結構」中應扮演何種角色時，這些問題往往被視為「例外」、「異端」而被擱在一邊。但中文之超脫時態是包含著另一種異於西方的觀物構思方式的，這點我在其他的文章已說明，在此不多言。至於 Hopi 語，我們且聽一個顧及「文化模子」的語言學家的意見，

Benjamin Lee Whorf 在〈美國印第安人的一個宇宙的模子〉一文中有很精彩的說明：

> 如果認為一個只會說 Hopi 語只具有 Hopi 社會中的文化意念的印第安人，其對空間和時間的觀念（感受）是和我們（西方人）的一樣（我們所認為的共通的觀念），這一個想法將是沒有好處的。Hopi 印第安人，他並不把時間看作一個順序流動連續的範疇——一切事物以同樣的速度由將來湧現穿過現在進入過去或（反過來說）人不斷的被持續之流由一個過去帶入一個將來，這個看法在 Hopi 印第安人看來是完全陌生的。……在 Hopi 的語言中，沒有字或文法形式、結構、用語直接指示我們（西方）所稱的「時間」，我們（西方人所歸劃的）過去、現在、將來，所謂持續、恆久……亦沒有（字）指示「空間」（即我們西方人視作異於「時間」的範疇）。

Whorf 氏認為西方的語言中甚至無法找到適當的字眼可以明確的托出 Hopi 的形上宇宙觀。他說，西方語言思維中隱藏的形上觀念中互相對峙的時間空間，三分的現在、過去、將來無法與 Hopi 的形上觀念相提並論。他說西方人只能暫用一些語彙傳達其一二罷了，譬如說，Hopi 宇宙中或可以用「已顯」(Manifested)「顯出中」(Manifesting) 或未顯 (Unmanifested) 兩個層次，又或者可以用「客觀」(Objective) 及「主觀」(Subjective) 兩個界說來討論，但這些字所指向的與 Hopi 的層次所概括還是不盡相同，譬如，「已顯」的層次中包括了五官所感的一切，物理的世界，但不分現在和過去，卻不包括西方觀念的將來的事物。「顯出中」的層次包括將來的一切，但除此以外，尚有一切在 mind 中出現存在的事物（我不譯 mind，是因為西方之 mind 是知性的活動，而 Hopi 所指的卻近乎中國的「心」，既 mind 亦 heart 也），或應稱 Heart，如 Hopi 人之所指，不只是人的 heart（由此或可直譯為「心」），而且是動植物的心……及帶有神異的敬畏的宇宙的心。所謂「主觀」的領域，並非西方人所想像中的虛幻和不實在，這個領域中的事物對 Hopi 來說都是真實的，充滿著生命和力量。這個充滿著動力的內在領域並不是一種向一個方向推動的運行，而是基存於我們中間的一種發生——事件顯現的態勢，是英文的 "will come", "will come to" 所不能指示的，這些態勢或可用 "eventuates to here" (Pew' i) 或 "eventuates from it" (anggö) 說明。（以上均見 *Language, Thought, and Reality*, pp. 57–60）

由 Whorf 氏的說明可以了解到，一個思維「模子」或語言「模子」的決定力，要尋求「共相」，我們必須放棄死守一個「模子」的固執。我們必須要從兩個「模子」同時進行，而且必須尋根探固，必須從其本身的文化立場去看，然後加以比較加以對比，始可得到兩者的面貌。

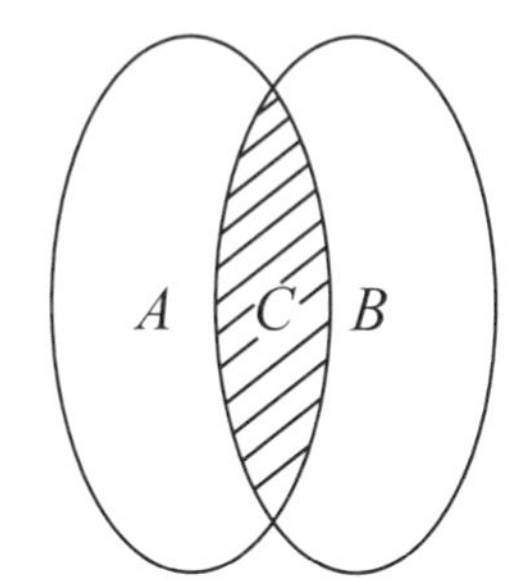

設若我們用兩個圓來說明，A 圓代表一模子，B 圓代表另一模子，兩個模子中只有一部分相似，這二者交疊的地方 C，C 或許才是我們建立基本模子的地方，我們不可以用 A 圓中全部的結構行為用諸 B 圓上。而往往，不交疊的地方——即是歧異之處的探討和對比更能使我們透視二者的固有面貌，必須先明瞭二者操作上的基本差異性，我們才可以進入「基本相似性」的

建立。我毫不懷疑 Jakobson 所說的有關語言行為的話：選擇與組合。但不同的文化決定了不同的選擇方式和不同的組合方式。譬如說，西方詩歌中非常核心的隱喻的結構 (metaphoric structure)，在中國詩歌中只佔有非常次要的作用，有許多中國詩，譬如山水詩（尤其是後期的山水詩如王維、孟浩然、韋應物、柳宗元及宋朝的山水詩）往往沒有隱喻的結構，喻依 (vehicle) 即喻旨 (tenor)，其間自有其獨特的文化使然，此點我在〈中國古典詩和英美詩中山水美感意識的演變〉一文中有專論，在此不贅。但中國「以物觀物」而「不以人觀物」的「目擊道存」之美感運思行為自然對於選擇及組合有著不同的重點、不同的結構。

在對「模子」作尋根探固的了解時，我們不應以為，一個「模子」一旦建立以後便是一成都不變的。「模子」不斷的變化不斷的生長。「模子」建立後會激發詩人或批評家去追尋新的形態。在他們創作或研究時，他們增改衍化（見前有關文類的討論），有時甚至會用一個「相反的模子」，也就是說，他們以一個「模子」開始而以一個「相反的模子」結束。因而，在為一個「模子」下定義時，我們也必須同時顧及該「模子」形成的歷史，所謂文學的外在的因素及文學史的領域都必須重新引進來構成一個明徹的輪廓，我們始可以找出適當的重點加以比較和研究。

「模子」的問題，在早期以歐美文學為核心的比較文學裡是不甚注意的，原因之一，或者可以說，雖然歐美各國文學民族性雖有異，其思維模子，語言結構，修辭程序卻是同出一源的。譬如宇宙二分法，譬如時空觀念，譬如邏輯推理，譬如演繹性的語法，譬如中世紀的修辭法則（如 E. R. Curtius 的《歐洲文學與拉丁中世紀》*European Literature and the Latin Middle Ages* 一書，便曾探討古代及中古的修辭法則、自然觀念、題旨，由希臘、羅馬直透法、德、英文學的連貫性，同理，一本類同的書也可以由中、日、韓文學中劃出。請參看 Curtius，四、五、八、十章)。我無意說，英、法、德、西、義等文學中沒有歧異，他們之間確有強烈的民族與地方色彩的歧異，但在運思及結構行為的「基層模子」上，卻有著強烈的相同處，所以，「模子」的認識及自覺雖然仍是很重要的學理上的手段，但由於「模子」之間有著一個共同的準據標 (frame of reference)，一般來說，「模子」的運用上問題不太嚴重。

「模子」問題的尖銳化，是近百年間，由於兩個三個不同文化的正面衝擊而引起的，如寓言上所顯示，必須有待青蛙跳出了水面，西方人跳出其自己的「模子」，接觸一個有相當程度相異的「模子」以後，才變成一個嚴重的問題，我們才會懷疑一個既定的「模子」的可靠性，才不敢亂說放諸四海而皆準。換言之，特別是兩種文化根源不同的文學的比較時所發生的問題，我們一方面積極進行此二種文學的比較——因為其中的發現正可引發我們達到我們夢寐中的真正可靠的「共相」，因為這種努力的結果可以擴展兩方的視境；但另一方面我們亦相信 Ulrich Weisstein、夏志清、及 Charles Witke 有意無意間所提出的警告中所含的部分真理。Ulrich Weisstein 說：

> 我不否認…… Etiemble 氏所呼籲的比較詩律、比較徵象……比較風格的研究有其意義，但對於不同文化中的類比，則頗值商榷。因為照我看來，只有在同一個文化系統中才能找到那些大家有意無意間共同支持著的一些共

> 同的元素……它們甚至可以超脫時空，形成一種令人驚訝的統一性……所以，里爾克和 Machado，里爾克和史提芬斯的比較，從比較文學的立場來說，比在西方詩與中東或遠東詩之間找尋相似性的研究來得合理多了。⓫

這段話聽來是頗為令人洩氣的，好像我們不應越過文化的界限去追求更大的視野似的，語氣中含有某程度的關閉性。但是，使他說這段話的因素，雖然他始終未說出，顯然是被「模子」的問題困惑著。

夏志清在其《中國古典小說》一書中警告，我們不應該以西方小說中（尤其是 Henry James 及 Flaubert 以來）的準則（觀點統一性，小說家主宰全局的協調性，不容開叉筆等等）來研討中國的古典小說⓬，其背後的困惑亦是「模子」的問題。Charles Witke 在一篇題為〈比較文學和東西文學經典〉一文中亦有類同的警告：

> 一組人只能按照其了解度吸收另一組人的意念。除非吸收者走向被吸收者的方向，新的觀念便無法融合；否則被吸收者的概念及語言將會被簡化或改為吸收者的形象。⓭

⓫ Ulrich Weisstein, *Comparative and Literary Theory* (Indiana, 1973), pp. 7–8.

⓬ C. T. Hsia, *The Classical Chinese Novel*, p. 6.

⓭ Charles Witke, “Comparative Literature and Classics: East and West”, *Proceedings from International Comparative Literature Conference* (Taipei, 1971), *Tamkang Review*, Vol. II, 2–III, 1 (Oct. 1971–Apr. 1972), p. 15.

文化的交流正是要開拓更大的視野，互相調整，互相包容，文化交流不是以一個既定的形態去征服另一個文化的形態，而是在互相尊重的態度下，對雙方本身的形態作尋根的了解。我們無法同意 Weisstein 的閉關自守的態度，我們亦極不相信他所說的，東西方文學類比的研究的結果最後是減縮為老生常談。回到我們的圖示，A 圓和 B 圓相交疊的部分仍然是東西比較文學中最重要的焦點，換言之，我們相信有所謂超脫文化異質限制的「基本形式及結構行為」，我們相信語言學家所鼓吹的「深層結構」的可能，只是，我們前面一再要強調的、一再要反對的，只是他們「模子」應用的假定，及其中隱伏的危機而已。當龐德在一九一〇年的 *The Spirit of Romance* 序中說：「所有的年代都並存於現在……我們需要一種文學研評的態度可以把希臘的 Theocritus 及葉慈 (Yeats) 放在同一個天秤上。」⓮又當畢加索在穴居的初民的壁畫中驚覺其越脫時空的活生生的律動，這都表示文學藝術中具有此種超過文化異質、超過語言限制的美感力量，好比其自成一個可以共認的核心。這種經驗顯然是存在的，所以新批評家一面承著康德、克羅齊及辜羅律己及「為藝術而藝術」的理論，一面承著意象派以還追求具體超義的美學，肯定了藝術自身具足的一個世界。新批評對於比較文學者所提供的，便是肯定藝術品永久不變的「美學結構」的一面。新批評在強調「自身具足的美學結構」時，卻把其間結構行為的歷史因素摒諸門外，而引起了後來其他批評家的鞭撻；但我們又不能否認，新批評在傳統歷史批評的欣賞領域中，把美學問題作了極端有效的提升，是故後來的歷史批評（包括社會文化批評，

⓮ 龐德這句話及裴德 (Walter Pater) 的「彷彿過去將來都容納在現在的強烈意識中」，是艾略特的有名的「歷史感」的先聲。

心理批評等等）都擴大其領域而兼及美學結構的考慮。

在這裡，我們不妨順便提及比較文學歷史中所謂「法國派」及「美國派」的爭辯。簡略言之，法國派中的 Van Tieghem, Carré, Guyard 等人認為研究文學必須每事每物有歷史的根據，故注重資料的全面搜索，力求「安全」(sécurité)，因此其研究範圍往往逃不了「影響」的研究，而所提供的影響的研究又泰半是在事實的證明，極少美學結構的考慮。美國的 Wellek（亦是新批評家的健將）認為法人的比較文學完全不是文學本質的研究，隱藏在他這個批評後面的便是文學作品超脫歷史時間而能自身具足的美學結構，所以他們（如 Rémak 及法人 Etiemble）都有「不同文化根源的文學的比較」的鼓吹。二者的危機在上文中已述明，不必再加複述。我們要指出的是：「模子」的尋根探固的比較和對比，正可解決了法國派和美國派之爭，因為「模子」的討論正好兼及了歷史的衍生態和美學結構行為兩個方面。譬如我們舉立體派畫和中國山水畫中的透視及時間觀念來說（為討論上方便，我們在此只就其明顯大要者申述，此處不宜作全面探討，我有另文處理），我們不難發現二者共有「多重透視」(multiple perspective) 或旋迴透視 (revolving perspective)，二者都是把不同時間的經驗面再作重新的組合，是所謂同時併發性 (synchronous)，目的是全面性 (totality)，但二者竟是如此的不同！立體派的畫是碎片的組合，中國山水畫是一石一山（許多山在不同時間經驗的、既仰望、復俯瞰、又橫看……）一樹的組合，但是迴環穿插既入且出的一個未被變形的引發觀者遨遊的環境；於此，我們應該問：為什麼立體派是碎片化？碎片化是反映機械主義的痕跡？為什麼中國山水畫不是碎片化？一石一山均栩栩如生，是傳統的「氣韻生動」的美學的一種痕跡？當我們問這些問題時，我們便是已經兼及了歷史和美學兩面衍生的行為，我們便是除了指出兩圓交疊的 C 的共通性之外，還要回到不交疊的 A 圓及 B 圓上的尋根的認識，如此便可以避開所謂「老生常談」的亂作類比了。（在早期的東西比較文學中確實有許多如此抽出相似性胡亂比較一番的。）

「模子」的自覺在東西比較文學的實踐上是非常迫切的需要，尤其是在兩方的文化未曾擴展至融合對方的結構之前。我們經常看見如下的嘗試：「浪漫主義者李白」「從西方浪漫的傳統看屈原」，我們古典文學中沒有相同於西方的浪漫主義的運動，這個運動中所強調的想像（運思行為）是我們首要了解的，我們在此無意全面討論，但必須申述其要：浪漫詩人在反對科學的經驗主義 (empiricism) 裡認為萬物依據某些物理律法操作（腦亦不例外）之時，肯定了詩人智心為一積極的有機組織體，可以認知及表出（認知及表出是二而為一的行為）宇宙的真素（所謂形而上的本體世界的真素），這真素只有詩人可以感知，一面是詩人的運思行為近似神秘經驗的認識論的追索，但不同於神秘主義者，他的方式是通過語言的表達，而只有在表達裡想像認知行為才能實現，真即美，美即真。詩人必須由現象世界突入本體世界，其過程是一種掙扎的焦慮。浪漫主義者除了給予詩人（其靈魂、智心、感情）特有的重要性以外，還把自然神化了，一面是反抗科學的消極律法的世界觀，一面是彌補被科學精神所砸碎的基督的神觀念下的完整世界。這個運動中尚有個人與社會的無法相容，革命精神、感情主義……等一連串繼起的特點。

當我們用浪漫主義的範疇來討論李白或屈原時，我們不能只說因為屈原是個「悲劇人物，一個被放逐者，無法在俗世上完成他的欲望，所以在夢中、幻景中、獨遊中找尋安慰」，他便是一個道道地地的浪漫主義者⓯，這種做法就是只知其一不知其二，把表面的相似性（而且只是部分的相似性）看作另一個系統的全部。設若論者對浪漫主義的「模子」有了尋根的認識，他或許會問更加相關的問題，屈原中的「追索」的形象及西方浪漫主義認識論的追索，在那一個層次上可以相提並論——雖然屈原的作品中並無相當於西方的現象與本體之間飛躍的思索？在這種情形下，「模子」的自覺便可使論者找到更重要更合理的出發點。

同理，「頹廢派詩人李賀」「唯美派詩人李商隱」或「李商隱詩中的象徵主義技巧」……諸如此類的研究，亦必須兼及兩方傳統文化中歷史的衍生態（包括某種重點或形態的缺乏）及美學結構（因某種概念之缺乏或另一種新的概念的影響而引起的貌合神異、或貌異神同的樣式）。

既然這個問題是起自兩個文化未接觸未融合前的文學作品（中國古典文學與西方文學作品），我們能不能說，新文學，如五四以來的文學，其既然接受了西方的「模子」，我們便不會受到「模子」的困擾呢？這句話只有某一個程度的真實性，首先文化及其產生的美感感受並不因外來的「模子」而消失，許多時候，作者們在表面上是接受了外來的形式、題材、思想，但下意識中傳統的美感範疇仍然左右著他對於外來「模子」的取捨。一個最有趣的現象便是，五四期間的浪漫主義者，只因襲了以情感主義為基礎的浪漫主義（其最蓬勃時是濫情主義），卻完全沒有一點由認識論出發作深度思索的浪漫主義的痕跡（除

⓯ Lily C. Winters' "Chü yüan, 4th Century Poet Viewed from the Western Romantic Tradition", *PICLC*, p. 222.

了魯迅或者聞一多以外，他們二人另有起因，與西方的認識論仍然相異），這是什麼一個文化的因素使然？很簡略的，或許可以說和傳統美學習慣上求具象，求即物即真的目擊道存的宇宙觀有關。是故，當吾友李歐梵在其 *The Romantic Generation of Modern Chinese Writers* (Cambridge, 1973)《現代中國作家浪漫主義的一代》一書中用了維特典範及普羅米修斯典範（Wertherian, Promethean：維特代表「消極的、傷感主義的」，普羅米修斯代表「動力的、英雄式的」），確把五四文人的氣質及形象勾劃得非常清楚，給了我們相當完全的寫照。但如能同時探討傳統文化美感領域如何在下意識中左右了他們所建立的形象及運思習慣，則更可深入當時文化衍生的幅度。（此點據李氏說，正在其新著《魯迅研究》中發揮。）

我說，新文學的研究或不會受「模子」的困擾，這個假定是有某一個程度的真實性的，我們可以舉劉紹銘先生的《曹禺所受的西方文學的影響》一書為例，曹氏確一心一意襲用西方戲劇的範式，所以在結構行為上的討論，包括人物的塑造，戲劇境況的安排，都沒有碰到很大的困難。但從另一個意義來說，這種討論的啟悟性便不大，它不能引我們進入更深一層的文化交融的領域。

「模子」的自覺還可以有效地應用在另一種文學情境上。譬如，當一個新的文學運動，就說歐美的現代主義吧，當其打破傳統的思維模子，反對亞理斯多德的推理方式時，他們是預期著或慢慢的衍化著一種新的模子——一種，對還在傳統模子影響下的讀者而言，尚無法認可的新的模子，我們此時把另一個文化下的「模子」介入，譬如相異於西方的初民的詩、或非洲民族、或東方的詩，這個介入的對比及比較便可以使他們更清楚他們傳統「模子」的強處和弱點，而同時了解到正在成形中還未能命名的新的美感範式，及此新的範式所提供的領域如何可以補傳統「模子」之不足。

一九七四年春

語法與表現

——中國古典詩與英美現代詩美學的匯通

楔子

一七七八年 William Warburton 集中第三卷記載其對中文的意見，略謂中國人缺乏創造性，竟未曾將象形字簡化為字母，言下之意，中國跡近野蠻。而鼎鼎大名的文學批評家撒姆爾·約翰生 (Samuel Johnson) 居然也說：「他們竟然沒有字母，他們沒有鑄造別的國家已經鑄造的！」好像字母才是最高的境界似的！井底之見是也。但好戲卻在後頭，一九一九年左右，美國名詩人艾芝拉·龐德 (Ezra Pound) 承著 Fenollosa〈論中國文字作為詩的媒介〉一文，說：「用象形構成的中文永遠是詩的，情不自禁的是詩的，相反的，一大行的英文字都不易成為詩。」妙在約略於同時，年輕的傅斯年先生竟說中國象形字乃野蠻的古代的一種發明，有著根深蒂固的野蠻性，我們應該廢止云云❶。這四個意見令人又氣又覺饒有趣味。前二者是無知。龐德對中國語文的狂熱自有其美學的原因，雖對中國字時有望文生義之處，而對現代美學的推展卻有出人意表之精彩，此事我於一九六九年的 *Ezra Pound's Cathay* 一書曾經論及，在此不贅❷。傅

---

❶ *The Works of the Right Reverend William Warbuton,* ed. R. Hurd, 7 vols (London, 1778); *Boswell's Life of Johnson*, ed. G. B. Hill and L. F. Powell, III, 339; Ezra Pound, *ABC of Reading* (New Directions, 1960), p. 22, Fenollosa 文成於一九一二年之前，龐德曾數度拈出推贊。傅文見《中國新文學大系》其文。

❷ 見我的書最後一節。該書係 Princeton Press, 1969 出版。

先生則是在西潮衝擊之下的一種感情用事的發洩。究竟中西思潮的隔絕，是何種文化危機使然，使龐德和傅斯年說出如此不同的結論？更重要的是：在此兩種文化及美學的分歧和交匯中，我們的知識分子和創作者可以學到些什麼來補充或修正其苦苦追尋的文化認同？西方的過度強調自我的隔離主義下的詩人，在其中又可以學到些什麼？兩種傳統兩種文化的危機的衝擊、一半了解一半誤解的繁複的變化正是我們比較文學者急需處理的工作，工程浩大，牽涉到兩個思維傳統的全面了解、歷史因素的認識及美學變位的諸種困難，必須要許多人共同去解決。本文乃就中國文言的特色及其固有的美學上表達的特長而論其對於西方詩人所提供的可能性，另外又從西方文化模型美學理想的求變而逼使語言的革新論其對我們所提供的新的透視。本文是我幾年來這方面追索的延展，曾片斷的以不同的方式出現於我其他的文章裡❸，因我最終的目的係求較完整的理解，故不避小部分的重覆。在討論程序上，決定有文言、英譯、語譯的排比，以辨其不同的性能。

甲篇

十多年前我在一篇論艾略特與中國詩的意象的文章裡，曾拈出孟浩然的〈宿建德江〉一詩，粗略的討論到文言的特性所產生的獨特的表現。現欲再就此詩作進一步的美學的探討❹。

❸ 見 *Ezra Pound's Cathay* (Princeton, 1969) 第一章；《現象、經驗、表現》（香港，一九六九）一書及〈從比較的方法論中國詩的視境〉，見《中華文化復興月刊》四卷五期（一九七一年五月）。

❹ 〈靜止的中國花瓶〉(1960) 收入我的《秩序的生長》。（臺北：志文出版社，一九七一），九四——一五頁。該問題的二度推展見我的 *Ezra Pound's Cathay* (Princeton, 1969) 第一章。

我還是用英文逐字直譯的排列，並暫時加上從英文的角度去了解的文法用意，作為我們討論的起點：

移 move *v.*
舟 boat *n.*
泊 moor *v.*
煙 smoke *n./adj.*
渚 shore *n.*

日 sun *n.*
暮 dusk *v.*
客 traveller *n.*
愁 grief *n.*
新 new *adj./v.*

野 wild
wilderness
曠 far-reaching
天 sky *n.*
低 low *v./adj.*
樹 tree(s) *n.*

江 river *n.*
清 clear *adj.*
月 moon *n.*
近 near *v./adj.*
人 man *n.*

顯而易見，對英文略有常識的人都知道要右列的英文成句，我們要增加許多的元素，如主詞如何決定動詞的變化，如單數複數如何引起動詞的變化，如過去現在將來的時態如何引起動詞的變化，如冠詞如何特指……等等都是非常嚴謹而細分的。要譯這首詩，譯者要作許多的決定，決定那裡要增加連接的元素，那裡應否用冠詞等等繁複的限指細分的東西。但我們都知道，這一首詩，在我們的閱讀過程中，並不一定要作這種分析的行為，並不一定要作這種決定，而且往往以不作這種決定為佳，詩的印象仍舊完整，而作了那些決定以後，詩反而受損。中國的舊詩所用的文言，由於超脫了呆板分析性的文法、語法而獲得更完全的表達。是何種思維的態度使西方的語言作了如此的活動?是何種觀物運思的態度使舊詩可以除卻那些語言的累贅?從翻譯及詮釋的立場來看，應不應該在語字及意象之間增加細分特指的元素?增加了以後，對其美感經驗的形態有何種損害?本文前部分所針對的是中國詩獨特的表現形式及其不可歪曲的地方，後部分則是提供一個方向：若要保存中國詩獨特表現的真，首要的是要調整西方語言的特性，而適好英美現代詩，正是要力求超脫其語言中的細分特指性,而開出了一個新的局面。

所謂文言超脫文法、語法的自由，究竟可以自由到什麼樣一個程度？我們試舉蘇東坡的一首迴文詩為例（全詩八行，現只舉一句)：

潮隨暗浪雪山傾

這句詩可以反過來讀：

傾山雪浪暗隨潮

而毫不覺得語法有什麼不自然。英文要同樣的做法根本不可以，原因就是一個字而同時具有兩三種的文法的用途而不需在字面上變化的，英文做不到，其細分限指特指的要求無法可以如此自由。如句中「雪山傾」固可解釋為浪「如雪山」傾，但沒有了「如」字，正可以保存其雪山所提供的具體的形象及視覺性；而在我們的意識中，同時看見雪山與浪相互的形似，即時而浪似雪山，時而雪山似浪，兩者皆並存，而使讀者的欣賞活動更近乎詩人想像的活動。英文就必須在其中選擇其一定的文法關係，文法關係既定，其多元性便受阻。譬如「暗浪」的「暗」當是形容詞了，假定譯為 dark waves；在「暗隨潮」中的「暗」卻是副詞了，必須改為 darkly。「雪山傾」應該譯為「如……」句嗎？作了這一項選擇以後，其限制性便很顯著了。同理，「雲山」「松風」「煙渚」不等於「帶雲的山」「松中之風」「帶煙的渚」（英文多用此法譯，白話亦常用此法），就不能既雲亦山，既山亦雲，不能既形容詞亦復名詞。「松風」這一片語中既見松亦感風，二者共合為一具體的經驗，winds in the pines 則是平平記事性的直述而已。（試將東坡句用白話譯出——我們當然無需譯，現在只作一種趣味性的實驗耳——亦可見其損失。我們不能譯成「潮水隨著暗浪如雪山般傾瀉」，譯了以後亦無法迴文了，語法固定化了之故。）

這種文法、語法上的自如，一面固意味著其欲求利用語字的多元性來保存美感印象的完全，其可以如此自如，亦必與中國傳統美學的觀物感物的形態有關，因為文言並非不能做到細分的作用，並非不能限指，只是在其美感運思中不知不覺的會超脫這種元素而已。試看杜審言二句：

雲霞出海曙
梅柳渡江春

我們應該加入下面的斜體字所代表的連接元素而譯為如下的句子嗎?

Clouds *and* mists *move* out *to the* sea *at* dawn.
Plums *and* willows across the river *bloom in* spring.

或語譯為下面這種解說性的樣子嗎?

雲霞從海上映出一片曙光
梅樹柳樹已由江南移來了觸目的春色❺

顯然地，兩種方式都歪曲了原詩美感印象的層次和姿態。如果譯為（或讀作）：

Clouds and mists
Out to sea:
Dawn.

Plums and willows
Across the river:

❺ 市面上語譯唐詩千家詩者甚多，現只舉臺南新世紀出版社一九七四年七月出版的一本《唐詩三百首》，因其語法與別的語譯本大同小異，此句見一〇一頁。

Spring.

不決定「曙」的詞性，而保留其具體的狀態，不完全決定「渡」的主詞（顯然可以解釋為「我們渡」，但實際只是一種空間的提示），不決定「春」是否解作「在春天」還是「春色」，而只指向「春」的兼及季節及狀態，從美學的立場上，這又提供了何種感物及呈現物象的活動呢？與第一種「詞性細分」及第二種「意義層次決定」的美感活動有何種根本的歧異？這是我們要探討的美學的問題。

回到孟浩然那首詩，我們可以問：「誰」移舟泊煙渚？我們如何去決定？是詩人自說的「我」嗎？既是亦不必是。詩中用了「我」和不用「我」，其區別何在？用了「我」字便特指詩中的角色，使詩，起碼在語言的層次上，限為一人的參與，而超脫了人稱代名詞便使詞情詩境普及化，既可由詩人參與，亦可由你由我參與，由於沒有主位的限指，便提供了一個境或情，任讀者移入直接參與感受。

孟詩中有許多種活動；活動必在時間中發生，但文言是沒有時態變化的？為什麼沒有時態呢？我們應否將詩中之「移舟」視為一種過去的經驗（如許多英譯者的做法）？沒有時態的變化就是不要把詩中的經驗限指在一特定的時空——或者應該說在中國詩人的意識中，要表達的經驗是恆常的，是故不應把它狹限於某一特定的時空裡（中國人的口頭英語，無論他英文多好，都不能完全逃避時態應用的錯誤，因為在我們的意識中不求這種分別之故）。印歐語系中的「現在」「過去」「將來」的時態變化就是要特定時空的，文言中的動詞類的字眼（我說動詞類的字眼，而不說動詞，正因其常常可以同時為形容詞，或作其他的詞性）可以使我們更跡近渾然不分主客的存在現象本身，存在現象是不受限於特定時間的，時間的觀念是人為的，機械地硬加在存在現象之上。

詞的多元性也是饒有趣味的，譬如「日落江湖白，潮來天地黑」的「白」和「黑」字是所謂「詩眼」，是用作動詞呢還是形容詞呢？二者均可，因其兼具活動與狀態兩種不可分的情況。又「青山橫北郭」的「橫」既是動詞亦是前置詞。（這些分法，是應用了西洋文法的分析觀念的，從中國語言的立場來說，我們必須從中國詞性的立場去討論，不可作以上的分法，這也是我反對某些語言學家硬把西洋語法來分解中文的做法，此處因屬兩種語言的特性的比較，目的不在語言學，故暫用。整個問題不屬於本文的範圍。）我們現在試看孟詩的第三句「野曠天低樹」的「低」字的詞性，我們應該視為「野曠」「天低樹」——由於平野曠闊天低壓樹群？由於樹群平遠把天拉下？還是「野曠」「天」「低樹」——三個訴諸視覺的物象構成暗示其近乎繪畫性的空間張力的玩味？顯然，詞性的多元性，使其二者均存。這在翻譯上便會面臨很大的困難，譯者「由於英語詞性的限制」便必須作出種種的決定，而限止了原詩的多面延展性，直接破壞了原詩的美感活動的程序和印象。我們綜合上面有關語法及詞性之美學含義各點，再看其反映於翻譯（翻譯是詮釋的一種）及解說所歪曲的程度，從其歪曲的地方便可反觀原詩的特長。茲列舉五家英譯，斜體字代表譯者加入詩中的連接元素，括號以內的句字代表譯者自加的解說，我另舉一坊間的語譯的例子，再加上三個試驗性的英譯（均係我在國外教書時「翻譯工作坊」中學生的試驗作品）。這個列舉目的不在提供一種理想的翻譯，而是要討論原詩中的美學問題：

I steer *my* boat to anchor
    by the mist-clad river
And (*mourn*) *the* dying day *that brings me*
    nearer to my fate.
Across the woodland wild *I see*
    the sky (*lean on*) the trees.
while close to hand the *mirror* moon
    floats on the shining streams.

Giles, 1898

Our boat *by the* mist-covered islet *we tied.*
The sorrows *of absence the* sunset brings *back*,
(*Low breasting the foliage the* sky *loomed black.*)
The river *is* bright *with the* moon at our side.

Fletcher, 1919

While my little boat moves on its mooring mist,
And (*daylight wanes old memories begin......*)
(*How wide the world was, how close the trees to heavenly!*)
And *how* clear in the water the nearness of the moon!

Bynner, 1920

At dusk *I* moored *my* boat *on* the banks of the river
With the oncoming of night (*my friend*) is depressed
  (*Heaven itself seems to cover over the gloomy trees of the wide fields.*)
(*Only*) the moon, shining on the river, is near man.

Christy, 1929

I move *my* boat and anchor in the mists *off* an islet;
With the setting sun the traveller's heart grows melancholy once more.
(*On every side is a desolate expanse of water*;)
(*Somewhere*) the sky comes down to the trees
And the clear water (*reflects*) a neighboring moon.

Jenyns, 1944❻

語譯：

晚舟停泊在水煙繚繞的洲渚旁，
日色漸暮，對著江山景色，引起了客旅的惆悵
平野一片空曠，天幕低垂，彷彿和樹相接
江水清澄，月兒似乎比往時更親近了❼。

翻譯工作坊的試驗譯例：

---

❻ 以上例子按次出自：*Selected Chinese Verses* tr. by Herbert A. Giles and Arthur Waley (Shanghai, 1934), p. 22。（我提供此版本的原因，是讀者可順便比較兩個早期譯者不同的風格。）W. J. B. Fletcher, *More Gems of Chinese Poetry* (Shanghai, 1919), p. 150; Witter Bynner, *The Jade Mountain* (New York, 1929), p. 85; Arthur Christy, *Image in Jade* (New York, 1929), p. 74; Soame Jenyns, *A Further Selection from the Three Hundred Poems of the Tang Dynasty* (London, 1944), p. 76。

❼ 見註❺版本二〇〇頁。

(一) Moving boat, mooring, smoke-shore.
Sun darkening: new sadness of traveller.
Wilderness, sky lowering trees.
Limpid river: moon nearing man.

(二) Boat moves to moor mid shore-smoke.
Sun sinks. Traveller feels fresh sadness.
Wilderness
                    Sky
                            Low trees
                                        Limpid water
Moon nears man.

(三) A boat slows,
moors by
beach-run in smoke.
Sun fades:
a traveller's sorrow
freshens.
Open wilderness.
Wide sky.
A stretch of low trees.
Limpid river.
Clear moon
close to
man.

五家英譯和一家語譯（試驗譯作只作對比用，暫不討論。）和原詩比較之下，我們發現它們都是從「元形的經驗」延伸出來的述明，是把完整的花瓣剝開來審視的行為。所有的譯者都以為文言之缺少語法的細分是一種電報式的用法——長話短說，即英文之所謂 longhand 之對 shorthand（速記）——所以不問三七二十一，就把 shorthand（速記的符號）譯為 longhand（原來的意思），把詩譯成散文，一路附加解說以助澄清之功！非也！所謂缺乏細分語法及詞性的中國字並非電報中的簡記的符號，它們指向一種更細緻的暗示的美感經驗，是不容演義、分析性的「長說」和「剝解」所破壞的。孟詩和大部分的唐詩中的意象，在一種互立並存的空間關係之下，形成一種氣氛，一種環境，一種只喚起某種感受但並不將之說明的境界，任讀者移入、出現，作一瞬間的停駐，然後溶入境中，並參與完成這強烈感受的一瞬之美感經驗。中國詩中的意象往往就是以具體的物象（即所謂實境）捕捉這一瞬的元形。

很顯然的，我們無法以一般的西方的時間觀念來讀中國詩，西方的機械式的時間的類分是過度知性所構成的因果律的產品，常以直線追尋的發展為骨幹。西方對存在現象概念化，沒有把存在現象顯出，而是將之隱蔽。這種概念化的行為使我們遠離了現象中物象和事件的具體的感染力，不能使我們直接接觸它們。

中國詩超脫了西方的任意類分的時間觀而保存了我們和現象中具體事物接觸時某一程度的無礙的和諧。這種獨特的時間觀可以比作電影中的時間觀，電影可以說是最能捕捉經驗的直接性的媒介。我們舉出電影中最基本的時空的觀念，Stephenson 及 Debrix 的《電影藝術》的入門書便說得很清楚。電影自然而

然的

> 超脫了時間的結構……電影中沒有作為時間徵兆的前置詞、連接詞及時態變化，……所以能任電影自由的觸及觀眾，這是文學無法匹比的。❽

文學中的「在他來之前」「自從我來了以後」「然後」這些時間的徵兆並不存在在電影之中，其實亦不存在於實生活中。「我們在看電影時……事物刻刻發生在目前」，是一種繼起的「現在」。

同理，孟浩然的「野曠天低樹」如果翻成 "*As* the plain *is* vast, *the* sky lowers *the* trees" 便立刻喪失其近乎水銀燈活動的視覺性，喪失其物象的演出性，喪失此一瞬中的「刻刻發生的現在性」及具體性。(我前面說過，並非中國語言中沒有代表時間徵兆的字眼，但它們常被避過而不用，便是為了以上的美感的原因。)

我們現在來看那兩段不顧英文語法而試圖捕捉原詩的語言特色的試驗譯作，若只從這個角度來看，它們反而能保存了這種電影的直接性：

Wilderness
        Sky
            Low trees

或

---

❽ Ralph Stephenson and Jean R. Debrix, *The Cinema as Art* (Baltimore, 1968), p. 107.

Open wilderness.

Wide sky.

A stretch of low trees.

中國詩的藝術在於詩人如何捕捉視覺事象在我們眼前的湧現及演出，使其自超脫限制性的時空的存在中躍出。詩人不站在事象與讀者之間縷述和分析，其能不隔之一在此。中國詩人不把「自我的觀點」硬加在存在現象之上，不如西方詩人之信賴自我的組織力去組合自然。詩中少用人稱代名詞，並非一種「怪異的思維習慣」，實在是暗合中國傳統美學中的虛以應物，忘我而萬物歸懷，溶入萬物萬化而得道的觀物態度❾。

有人必然會說，中國詩句並不盡如上述，類似英文結構者亦復有之，如「孤燈燃客夢，寒杵擣鄉愁」（岑參），又如「雲迎出塞馬，風捲渡河旗」（沈佺期），都是主詞、動詞、賓詞的結構，最近似英文中之 subject-verb-object 的結構，是故由了解到翻譯都不太困難——至少從語法的立場來說。但在中國詩中最多最特出的是超脫語法的所謂羅列句式，這種句式最傷歐美譯者的腦筋，而中國詩受翻譯者及欣賞者歪曲最烈的亦是這種句式。但前述的美學的認識，正可以替我們提供較正確的及欣

❾ 俱見《莊子》，請參閱我本書的相關文章〈中國古典詩和英美詩中山水美感意識的演變〉。萬物萬化觀念，以郭象注《莊子》的「化」最為精彩：「聖人遊於萬化之塗，放於日新之流，萬物萬化，亦與之萬化，化者無極，亦與之無極。」宋理學家邵雍從《老子》引發出來的話，正可概括了六朝以來的藝術觀點，見其〈伊川擊壤集序〉：以道觀性，以性觀心，以心觀身，以身觀物，治則治矣，猶未離乎害者，不若以道觀道，以性觀性，以心觀心，以身觀身，以物觀物，則雖欲相傷，其可得乎。

賞、詮釋、翻譯的方向。試看

星　臨　萬　戶　動
stars/come/ten-thousand/houses/move

洪業譯為

while the stars *are twinkling above* the ten-thousand households ⑩

加上一個 While（當）字便把視覺事象改為陳述說明視覺事象了。杜甫的「星臨」或謂是時間的徵兆，但這是空間化的時間。事象的本義是：事象的呈現發生必須既是時間的亦是空間的。「當」字的加入，便將原是時空互不分割的現象活動作了知性的分割。同理

月　落　烏　啼　霜　滿　天
moon/set/crow(s)/caw/frost/full/sky

「月落」既是空間的事象亦是時間的事象，如解釋為「當月落時」便是將事象活動的具體意味貶為從屬的位置，將其空間玩味破壞無遺。

羅列句式是不用「當此如何彼便如何」、「因此如何故彼便如何」、「雖此如何彼仍如何」那種詩人介入說明主屬關係的句

⑩ William Hung, *Tu Fu: China's Greatest Poet* (Cambridge, Mass., 1952), p. 105.

子。這種羅列的句式不但構成了事象的強烈的視覺性，而且亦提高了每一物象的獨立性，使物象與物象之間（月落、烏啼、霜滿天）形成了一種共存併發的空間的張力，一如繪畫中所見。把

星　垂　平　野　闊
月　湧　大　江　流
star(s)/dangle/flat/plain/broad(ens)
moon/surge(s)/big/river/flow(s)

譯為

The stars lean down from open space
And the moon comes running up the river

—Bynner

Stars drawn low by the vastness of the plain
The moon rushing forward in the river's flow

—Birch ⓫

或語譯為

遼闊的平野上，但見群星低垂
月光浮沉在大江洶湧的水流上⓬

⓫ 按次：Bynner, p. 122; Cyril Birch, ed. *Anthology of Chinese Literature* (New York, 1965), pp. 238–239.

說「星從空中垂下」(Bynner)，說「平野之曠闊把星拉低」(Birch) 說「在……上，但見……」都是忽略了事象間的空間張力的玩味，而同時由於詩人向讀者作了交代性的說明，就無異阻止了讀者（同時是觀眾）親臨去品嚐。這些譯作及詮釋之異於原來的美感印象至此已不待言。

事象現出前後的次序亦非常重要。孟詩中的「野曠天低樹」，在注視順序上，如電影的鏡頭，先是「野曠」，再退後而將「天」納入視野，復移近「低樹」——這個注視的過程正好模擬了我們觀物感應的活動，故能使讀者（觀眾）再造、再經驗此詩的瞬間的生命。(譯文之未能把握此句詩之精神在此不贅，比較便知。) 同理，「月湧大江流」，我們先注意到月光的閃爍才轉到大江之流動。把次序顛倒過來如 "Le Grand Fleuve s'écoule aux remous de la lune" 便違背了該瞬間生命之真實性⓭。

我們由此可見，那些擅長於以瞬間演變中光色層次來捕捉視覺事象的詩人，如王維與孟浩然的詩，其在翻譯上受損最大，便是其所模擬的觀物感應活動不容歪曲。「空山不見人」在 Bynner 的手上變成了 There seems to be no one on the empty mountain⓮。首先，分析解說性的 "There seems to be no one" 當然是譯者介入讀者（觀眾）和「空山」之間的說明，更重要的是把「無人」(不見人) 放在「空山」之前，就是違反了該瞬間之生命；我必須先有「空」而始可以有「不見人」。

王維之精彩處常是把語言變成模擬我們感應外物的姿式。

⓬ 註❺版本一一六頁。

⓭ Tcheng ki-hien & J. Dierny. 請看 Paul Demiville, ed. *Anthologie de la poèsie chinoise classique* (Paris, 1962), p. 269.

⓮ Bynner, p. 153.

試看：

白　雲　迴　望　合
青　靄　入　看　無

每一行都具有變換的視點：白雲（鏡頭一，從遠處看）迴望（鏡頭二，觀者自山中出而回頭）合（鏡頭三，觀者回到原先的位置，向山裡看）。第二行同理，方向相反。在這些詩句中的事象，一如啞劇中擬態者，為了重現一件無形的事象的活動，必須強調某些姿式某些瞬間，使其顯著的暗示其間支持該活動的事象之氣的運行。一個有名的啞劇家 Arne Zaslove 在一九七三年春到加州大學的「音樂實驗坊」講演時，曾對擬態藝術中的氣的問題作了如下的說明：

> 假設一個人用雙手提著一個極重的皮箱——他彎身把雙手握著一個想像的把手而同時假想將之提起——此時你的整個身體必須要彎向右面來和重量保持平衡，如果你此時彎向左面，整個擬態的行為便是作假了而成為不可辨別。

語字的作用最成功時便是能以類似上述的方式捕捉該瞬間經驗活動的生機。王維、李白、李商隱等的詩是傾向於重現事象活動的視覺弧線——用水銀燈的活動視點的方式強調我們感應事物的層次。請看下列各例：

大漠孤煙直——王維

孤帆遠影碧空盡——李白
滄海月明珠有淚——李商隱

其擬態活動之真確，不必再說明了。而在李商隱的例子裡，我們由客觀的世界進入了夢境中。夢境之異於常境之一，便是其從一般的時間之流中切斷而成為一種絕對的時空，海、月、珠、淚均非特定時空的物象，是故可以並列而互為延展。在此句中，其統一性來自形、色的應和，而非其間的因果關係。

我們再看一二首捕捉感應物象的活動的真實性的詩：

枯藤老樹昏鴉
小橋流水人家
古道西風瘦馬
夕陽西下
斷腸人在天涯
——馬致遠

此詩繪畫的玩味多於語意的玩味。一景復一景並不構成一種直線串連的追尋——不是此物如何引起彼物。這裡的物象（鏡頭）如畫中的物象同時併發，可是因為詩中用了活動的視點，卻又使其空間的個性時間化。

再看柳宗元的〈江雪〉：

千山鳥飛絕
萬徑人蹤滅
孤舟簑笠翁

獨釣寒江雪

至此，我們當會注意到這首詩裡，鏡頭首先給我們一個鳥瞰全景，任我們擁有萬象的全景——如所有的中國山水畫一樣——然後移向一個單獨的物象（巨大的冰雪中一個老翁）。電影往往集中在事件的發生，其間有故事的情節穿針引線；在此詩中，其電影的活動卻重現了我們感應一個強烈的瞬間的層次，其全面的感受必須有待所有的物象同時呈現於心間眼前——仍然一如我們看一張中國山水畫一樣。這首詩裡的空間張力把我們放在現象的中央，任我們向圓周伸延。

我們上面曾說過，中國藝術家不把自我硬加在存在現象之上。這一點在中國畫中至為明顯，中國畫中一方面可以說沒有視滅點，因為畫家已經變為現象中的物象，另一面亦可以說是用了旋迴視滅點或多重視滅點，使我們從多重角度同時看到現象的全貌。這種情形在中國詩中亦然。前面所舉的詩例中，尤其是柳詩〈江雪〉，讀者（觀眾）均能從多重角度觀、感現象的全貌，今再舉一例：

雞聲茅店月
人跡板橋霜

這兩句詩中的物象可以說是以其最純粹的形態出現，構成一種氣氛，一種境界，我們在其中活躍而不從一特定的角度來觀看。我們不能從一特定的角度來觀看，是因為我們一時無法知道（亦無意去分辨）究竟雞、月、橋各自的位置在那裡，我們應該說：「雞鳴」（時）月（見於）茅店（之上），「人跡」（在）（滿）「霜」

（的）「板橋」（上）嗎？我們都知道「月」不一定在「茅店」之上，它可能在天際剛升。

這裡使我們想起英國十九世紀末美學家裴德 (Pater) 曾經論及藝術中的 Anders-streben，錢鍾書所謂「出位之思」（詩或畫各自跳出本位而成為另一種藝術的企圖）；裴德談到「鏡子、磨亮的盔甲、止水三樣東西作了偶然一刻的並聯，而使一個固實的形象的每面都同時呈現，替我們解決了決疑已久的問題：畫能不能夠如雕刻一樣各面皆全的呈現現象。」他繼續的說：「理想的詩」應該是「精緻的時間」的捕捉，「使我們同時看到存在的每一面。」由於角度的未決，我們可以自由觀覽，好比我們環走觀看一件雕塑品。王維的〈終南山〉便是具有此種雕塑意味的作品：

太乙近天都（遠看——仰視）
連山到海隅（遠看——俯仰皆可）
白雲迴望合（從山走出來時回到看）
青靄入看無（走向山時看）
分野中峰變（在最高峰時看，俯瞰）
陰晴眾壑殊（同時在山前山後看——或高空俯瞰）
欲投人宿處
隔水問樵夫（下山後，同時亦含山與附近的環境的關係）

山的重實感由於空間的時間化或時間的空間化便能栩栩如生的可觸可感起來了。

我在美國時有一次被一家國小請去介紹中國文字的形成，我照例由象形字談起，談及中國人的文字如何配合實在的物象，而不如英文任意的以音代義（如 sun 與 son 同音而義殊）。中國字在形成期便顧及其具體性如⊙與[illegible]等等。一個美國小孩便提出一個問題來：「這些都是名詞呀，它們如何能表達意念呢?」同一個問題可以針對上面許多句例來提出。不過，我以為在柳宗元的〈江雪〉裡已含有了答案，詩中無限的萬象和一點人跡對比的空間張力及關係，不經解說的，便可投射出人在自然間的狀態這一層意義。

回到那個美國小學生的問題來，我當時再舉六書中的另一種構成的方法。我舉出「時」與「言」二字。「時」的字源是⊙與㞢，而㞢的雛形是[illegible]，足踏地面，而引發了現在的「止」和「之」。其能同時含有「動」（之）與「靜」（止），是因為足踏地面既是行之止亦是止而將行，是近乎一種舞蹈的律動（以上均為中國文字的初步常識）。所以太陽之行而復止止而復行的律動，對初民來說，便是時間，他們對時間的覺識是具體事象的活動，是整個環境的提示，而非抽象的意念。「言」字的象形結構是[illegible]，口含笛子，所謂「言」，在純樸和諧的初民來說，是要在律動中進行的。以上二例，都是利用了兩個視覺物象的並置而構成一個具體的意念。中國文字的這種結構影響了大導演艾山斯坦而在電影中發明了「蒙太奇」的技巧，這是電影史上一件大事⓯。

同樣的結構一直在中國詩中佔著極其重要的位置，我曾在我的 *Ezra Pound's Cathay* 一書裡作過詳細的討論，茲擇其要點複述於後：

⓯ "The Cinematographic Principle and the Ideogram", Sergei Eisenstein, *Film Form and Film Sense*, trans. Jay Leyda (New York, 1942), p. 28.

> 李白的「浮雲遊子意」究竟應該解釋為「浮雲是遊子意」和「浮雲就像遊子意」嗎？我們的答案是：既可亦不可。我們都會感到遊子漂遊的生活(及由此而生的情緒狀態)和浮雲的相似之處；但語法上沒有把這相似性指出，就產生一種不同的美感的效果，一經插入「是」「就像」便完全被破壞（國文課本中的解釋，市面的語譯、英譯都傾向於加插「是」與「就像」)。在這句詩中，我們同時看到「浮雲」與「遊子」(及他的情緒狀態)，是兩個物象的同時呈現，用艾山斯坦的話來說：兩個不同的鏡頭的並置（蒙太奇）是整體的創造，而不是一個鏡頭和另一鏡頭的總和，它是一種創作行為……其結果，在質上和個別鏡頭獨立看是不同的。⓰

我在該書中又提到杜甫的「國破山河在」一句，在其結構上，仍是兩個事象的並置，毋需外界的說明，而感到畫面上的對比和張力。是故語譯和英譯所喜愛用「雖然……可是」來說明這句詩，便是完全不明白這種介入說明的語態所產生的限義與隔（讀者受限於譯者的解釋而不能直感)。

利用了物象羅列並置（蒙太奇）及活動視點，中國詩強化了物象的演出，任其共存於萬象、湧現自萬象的存在和活動來解釋它們自己，任其空間的延展及張力來反映情境和狀態，不使其服役於一既定的人為的概念。在李白的「鳳去臺空江自流」中（三個鏡頭的羅列)，不是比解說給了我們更多的意義嗎？江山長在，人事變遷，無疑是李白欲傳達的部分意義，但需要用文字說明嗎？命途多舛而擅於表達攪心的痛苦經驗的杜甫，亦

⓰ *Ezra Pound's Cathay*, p. 22.

把握了這種表達方式而與讀者建立極為直接的交往，試看〈秋興〉八首的頭四句：

玉露凋傷楓樹林
巫山巫峽氣蕭森
江間波浪兼天湧
塞上風雲接地陰

個人的感受和內心的掙扎（時杜甫老邁而被困於夔州）以外在事物的弧線托出：外在的氣象（氣候）成為內在的氣象（氣候）的映照（暮年的杜甫由楓林之凋傷映出；詩人的羈困由上衝的波浪和下壓的風雲映出），外在的風暴和內在的風暴所拋出的線條的律動是一樣的，故讀者不必待人細訴便可以感應相重的境象。

乙篇

中國詩人能使具體事象的活動存真，能以「不決定、不細分」保持物象的多面暗示性及多元關係，是依賴文言之超脫語法及詞性的自由，而此自由可以讓詩人加強物象的獨立性、視覺性及空間的玩味。而顯然，作為詩的媒介之文言能如此，復是來自中國千年來所推表的「無我」所追求的「溶入渾然不分的自然現象」之美感意識。

媒介與詩學、語言與宇宙觀是息息相關不可分的。那麼，注重細分、語法嚴謹的語言（如英文）如何能表達一種要依賴超脫語法才能完成的境界呢？或者，我們也可以這樣問：由柏拉圖及亞理斯多德所發展出來的認識論的宇宙觀，其強調「自我追索非我世界的知識」的程序，其用概念、命題及人為秩序的結構形式去類分存在的這種做法，這整個態度如何能回過頭來去認可一種與認識論的演繹作用及程序相違的媒介呢?

答案是：不可能，就是說，假如柏拉圖以還的二分法（現象世界與本體世界）及亞理斯多德的「普遍的邏輯結構」堅持一成不變的話，就不可能。如果西方不努力去擴大其美感的領域，去包容其他的觀物方式，要打破英文的文法語法亦是不可能的。就是在這一個交合的層次上，才會覺得兩方詩學語言匯通的討論之重要。

現代西方對於宇宙觀的調整，頗為繁複，其本身就足以成一大書。本文無意這樣做。但我們在此只欲指出：所有的現代思想及藝術，由現象哲學家到 Jean Dubuffet 的「反文化立場」，都極力要推翻古典哲人（尤指柏拉圖及亞理斯多德）的抽象思維系統而回到具體的存在現象。幾乎所有的現象哲學家都曾提出此問題，海德格便認為把存在現象作概念的類分便是把存在現象隱蔽，而非將之顯出。這一個看法雖各家說法有異，其大旨則一。（請參看下篇〈語言與真實世界〉）柏格森本人雖然仍是一個認識論的哲學家，但他主張的「浪漫主義自我的解體」逐漸的使現代思想轉向「無我」問題的思索。浪漫主義者妄自尊大地肯定自我對宇宙的洞知力及組織力，柏格森認為此非真我，真我存於時間不斷的流動變化之中，真我不可由理性認知，理性知性的活動，尤其是工具實用性的理性，使我們的經驗作假不真，真我必須溶入（或消失於）意識的流動之中，所有定型的我都是假我，真我必須在本能的實生活的直覺經驗中追尋，而不能從意念中建造⓱。這個看法啟迪了休默 (T. E. Hulme)，

⓱ 詳論可參看 Wylie Sypher, *Loss of the Self in Modern Literature and*

而間接的影響了艾略特諸人。

本文專注於二十世紀初幾個英美詩人美學家的理論及由之而起的語言上微妙的變化，及其調整的程序和破壞傳統語法及詞性的情況。

從英美現代詩的衍生歷史來看，直接的動力卻起自於裴德 (Walter Pater) 及其演繹者賽孟慈 (Arthur Symons)。遠在一八六五年，裴德在一篇論辜羅律己的文章裡便討論到現代人感受的演變，並指出現代思維所追求的是「相對性」，古代所求肯定的是「絕對性」。古代哲人（指柏拉圖及亞理斯多德）力求為每一件物象找出「一個永久的輪廓」，一種永遠不變的形而上的東西，因為眼前的現象是會變化的，會變化就無法永恆。裴德認為，現代人所發現的正是與這種人為的假定相反：「事物無從得知，我們只能在有限度的情形之下略知而已……生命的每一刻鐘都是獨特的，偶然的一句話、一瞥、一觸均有不同的變化，經驗所給我們的是這些相對的關係，是層次變化的世界而不是永恆的輪廓對事物作一次解決的真理。」所以裴德在《文藝復興時代研究》一書的結尾說藝術的目的「不是經驗的成果而是經驗的本身……永遠燃燒，以寶石般的火焰」，這些時時刻刻燃燒的瞬間才是經驗的真質，而非抽象概念構成的「永久的模型」。「劇詩最高的理想便是要呈現一些深刻旨遠的活生生的瞬間……簡略而全然具體的瞬間，彷彿所有的母題，所有的興味，長久歷史的效果都濃縮其間，彷彿過去和將來都容納在現在的強烈的意識中。」⓲賽孟慈的《文學中的象徵主義運動》一書便是用了

Art, "Existence and Entropy" 請和郭象（見註❻）及下面的裴德和休默比較。

⓲ Pater, *Appreciations* (London, 1924), p. 68; *The Renaissance* (London,

裴德的「瞬間經驗的美學」來介紹馬拉梅和魏爾倫的。馬拉梅追求詩的「精髓」，魏爾倫追求詩的「印象」，及至賽孟慈自己所提供的詩的「情緒」都可以說是對事物凝視後閃亮起的瞬間的捕捉。（馬拉梅承著 Edgar Allen Poe 而來用文字苦心經營的絕對之美，及魏爾倫捕捉光影表面不明確的效果二者之不同，此部分另見我的 *Ezra Pound's Cathay*, pp. 45–47）

應和著裴德的理論而發展自柏格森的是休默 (T. E. Hulme)。他說：「古人是完全知道世界是流動性的，是變動不居的……但他們雖然認識到這個事實，卻又懼怕這個事實，而設法逃避它，設法建造永久不變的東西，希望可以在他們所懼怕的宇宙之流中立定。他們得了這個病，這種追求『永恆、不朽』的激情。他們希望建造一些東西，好讓他們大言不慚地說，他，人，是不朽的。這種病的形式不下千種，有物可見的如金字塔，精神性的如宗教的教條和柏拉圖的理念本體論。」

代替這種概念世界，代替妄自尊大的自我的建築，休默希望詩脫離死板符號的語言而成為「視覺的具體的語言，……一種直覺的語言，把事物可觸可感的交給讀者。它不斷的企圖抓住我們，使我們不斷的看到一件實物，而不會流為一種抽象的過程」。休氏並提供一個方法：「譬如某詩人為某些意象所打動，這些意象分行並置時，會暗示及喚起其感受之狀態……兩個視覺意象構成一個視覺的弦。它們結合而暗示一個嶄新面貌的意象。」⓳

1922), pp. 236–237; *The Renaissance*, pp. 140–141. 裴德的「彷彿過去和將來都容納在現在的強烈的意識中」已是艾略特的「歷史感」的先聲。

⓳ T. E. Hulme, *Further Speculations* ed. Sam Hynes (Lincoln, Nebr.,

這當然就是「甲篇」所提到的蒙太奇：兩個視覺事象並置而創造第三個異於二者的事象。對休默來說，這個方法正可以代替了解說的程序，可以避開限指的語法。語法把「內凝的萬象」(活的現實) 層層剝開而變為「外散的萬象」(機械性的現實)。所謂解說 Explain，顧名思義，「便是 ex plane，即是把事物攤開在一平面上的意思。解說的程序永遠是剝拆開來的程序。」⓴

一九一一年，在詩人龐德 (Ezra Pound) 還未接觸中國詩之前，他便曾說：「詩人找出事物明徹的一面，呈現它，不加陳述。」在接觸了中國詩以後，說「我們要譯中國詩，正因為某些中國詩人們把詩質呈現出來便很滿足，他們不說教，不加陳述。」其實，早在一九〇一年，龐德在其給威廉斯 (William Carlos Williams) 的信中便曾力主剔除詩中的說教作用，而在一九一六年，他在給 Iris Barry 的信中復更強調「創造、建築的需要；呈現一個意象或足夠的具體事物的意象去激動讀者……我以為應該用更多的物象。少用陳述、結論，後者可以說純然是可有可無的，一點都不重要，經常是多餘的，所以不好。」㉑

其實龐德在一首早期作品 "Cino"，結尾便曾用了一種蒙太奇的技巧，在當時他實在沒有想到這種技巧會在他詩中持續擴展如此之久，如此之深。該節見後：

1955), pp. 70–71; *Further Speculations*, p. 134; *Further Speculations*, p. 73.

⓴ *Further Speculations*, p. 177.

㉑ 按次，Pound, "I Gather the Limbs of Osiris", *New Age*, 6 (December, 1911), 130; "Chinese Poetry", *Today*, 3 (April, 1918), 54; *The Letters of Ezra Pound* (New York, 1950) .

I will sing of the white birds
In the blue waters of heaven,
The clouds that are sprays to its sea.

在我們視覺的層次上先是看見「白鳥」，繼而由於「天空中湛藍的水」的出現，「白鳥」同時是「鳥」，亦復是「雲」，我們的視境中同時有「水」亦復有「天空」，而既是「水」，則「鳥」既是「雲」亦是「浪花」。這種疊象美正是休默所說的「視覺的弦」的註解（但此詩是在休默之前完成的），每一個物象均能保持其本身的實在性及具體性（白鳥並不象徵什麼抽象的觀念，白鳥便是白鳥），而同時有一種未被說明的相似性，而由我們讀者的視覺感受來與之相連，我們讀者參與活躍於海天之間，而不斷將其交替疊變。這技巧亦見於另一詩人 H. D. 的 "Oread"，該詩在讀者中所引起的視覺感受活動和上節極為相似，故不另細論。謹列詩於後以作參照：

Whirl up, sea–
whirl your pointed pines,
splash your great pines
on our rocks,
hurl your green over us,
over us with your pools of fir.

在龐德接觸了日本的俳句、中國詩、中國文字以後，這個技巧便成了其龐大的《詩章》(*The Cantos*) 核心的表現手法。由其 "In a Station of the Metro" 開始，到濃縮明澈文化面的並置，到應用中國字形的結構作為其詩中的內凝的渦漩力 (Vortex)。〔以上各點因我的 *Ezra Pound's Cathay* 中均曾細論，另 Hugh Kenner 的 *The Pound Era* 對後二點更是發揮得淋漓盡致，故從略。〕㉒

跟著威廉斯亦說：「沒有意念，只在物中。」他更進一步的說：「此時此地的生命是超脫時間的……一個永遠『真實』的世界」，要體現實有，「不依循象徵」，直截了當的從柏拉圖的二分的世界中解放出來，而成為一個直感物象的詩人。他主張：「用沒有先入為主的觀念沒有隨後追加的觀念的強烈的感應方式去觀事物。」㉓

承著龐德及威廉斯的詩觀，黑山詩人 (Black Mountain Poets) 奧遜 (Charles Olson) 和克爾里 (Robert Creeley) 對於詩的物象的活動更加注意：「在創作的瞬間物象的發生……可以、應該、必須按它們在其中發生時的原原本本的情況去處理，而非

㉒ 我在 *Ezra Pound's Cathay* 一書對此討論頗長，見五十八頁以後所述。現僅欲指出數要點：㈠該詩（見本書五四－五五頁）據龐德說是由一首三十行的詩濃縮而成，所謂三十行的詩恐怕並不存在，但和他一首早期詩 "Piccadilly" 比較之下，發現他此詩在選字上做到多重暗示，是故一行可以抵過十行。㈡該詩類似印象主義而應用了兩個印象的羅列，但其不同於印象主義的表面印象的捕捉，兩個印象（一個是屬於人的世界，一個是屬於自然界的）有一種內在的應合，故能從外在世界突入內心世界。㈢此詩用了語法切斷而使兩個印象獨立而具實，形成一種空間的玩味（此點見後面的討論），在結構上最近似中國句法。㈣在此詩中便可窺出龐德繪畫性雕塑性的傾向。

㉓ 按次，Williams, *Paterson* (New York, 1946), Pt. I, p. 6; *Selected Essays* (New York, 1954), pp. 196, 213; *Selected Essays*, p. 5.（請參看下篇〈語言與真實世界〉）

經過任何外來的觀念或先入為主的概念……必須視之為躍場中一組物象來對付……一組張力……詩的空間的張力……詩在你身上活躍的本身。」❷❹

但休默及龐德所欲求達成的理想是語法嚴謹有細分說明性的英文無法達成的。是故休默要求打破語法來達致具體的表現。我們都知道，最早的嘗試卻來自馬拉梅，馬拉梅為達到詩的一種純粹的境界，為要求得到詩的「精髓」，他自由的調動物象及文字來建造一個絕對的美的世界（從哲理的立場來看，和現代詩人之求「實有」是背道而馳的），他錯亂語法甚至在其晚年的「十四行詩」中把其間的連接元素抽離而使物象完全獨立。（馬拉梅的物象從實有中抽離而成為其私人獨特用意的物象，其詩在讀者中往往引起隔的問題，便是讀者無法同時離開實有將其另眼相看，現代詩人在反對象徵主義的同時也繼承了象徵主義中的追求「精髓」時所無法完全逃避的抽離作用，這是現代詩中最大的錯誤。詳見「丙篇」及下篇〈語言與真實世界〉）

這種藝術的絕對主義和馬拉梅的語法的改革卻為龐德開了路，使其達成其詩的理想。龐德一生中都在設法調整傳統的英文，使其能跡近經驗波動的弧線。現舉其早期的一首詩 “The Coming of War: Actæon” 的第一節為例。下列的(a)是該節詩傳統句法的安排，(b)是詩人實際的句法，我們用這個方法的比較來看二者不同的效果：

(a) An image of Lethe, and the fields

---

❷❹ Charles Olson & Robert Creeley, “Projective Verse”, *Poetry*: New York No. 3 (1950), Charles Olson, *Selected Writings* (New York, 1966), p. 20.

Full of faint light, but golden gray cliffs,
And beneath them, a sea, harsher than granite

(b) An image of Lethe,
    and the fields
Full of faint light
    but golden,
Gray cliffs,
    and beneath them
A sea
Harsher than granite

龐德把傳統的句法斷為短句而作了不同位置的安排，其美感效果有五：㈠提高意象的視覺性，㈡使每一個視覺事象獨立，㈢使讀者（觀眾）感應其中的空間對位的玩味，㈣加強物象的物理存在狀態（海實實在在的居於突出的灰色的懸岩 gray cliffs 之下面），㈤使詩以分段視覺層次的活動（如水銀燈的活動）。這些效果，一再洗鍊以後，便成為龐德《詩章》的主要的技巧。

在 "The Coming of War: Actæon" 這首詩中，龐德用了空間的切斷來構成時間的切斷，他還沒有熱烈地作語法的切斷。語法的切斷起自 "In a Station of the Metro" 一詩，該詩所用的疊象技巧討論者頗多，我們在此敘述一下此詩的源起。此詩是模倣俳句的結構而來，龐氏在其〈渦漩主義〉（一九一四年）一文中提及一首日本的俳句（想係龐德模擬者，因所涉及係英文問題，故不另列芭蕉等人俳句比較）：

The footsteps of the cat upon the snow:

are like the plum blossoms

然後龐氏說:「原文中是沒有 are like 二字的。」(此法俳句常用,最早用此技巧者乃中國詩,見「甲篇」,在此不贅。)而龐德自己寫的 "In a Station of the Metro" 正是去掉了此二字:

The apparition of these faces in the crowd;
Petals on a wet, black bough.

把 "are like" 或 "is like" 去掉便是語法切斷(從英文語法的立場來說),切斷語法以後,兩個視覺事象便獨立而明澈,詩人任二者共存而互為修飾互為表意。此詩最早登載在《詩刊》(一九一三年)時的樣子更能使我們了解龐德對視覺層次及感應活動層次的迷惑。該詩初樣如後:

The apparition　　of these faces　　in the crowd;
Petals　　on a wet, black　　bough. *

在這個初樣中,詩人同時用了空間切斷及語法切斷。這兩種技巧都大量的在《詩章》中出現。龐德曾按 Fenollosa 氏一些逐字譯述的中國詩的筆記譯了十九首中國詩,其間牽涉的詩藝、譯藝、語言的許多微妙的問題,我在一九六九年的 *Ezra Pound's Cathay* 即是專論此集的書。我現在拈出其譯李白〈古風之六〉時的一句誤譯(誤譯部分見我的書 143, 125–128 頁)所構成的

* 人群中　　這些臉的　　幢影
濕黑的　　枝上的　　花瓣

語法問題。

Surprised. Desert turmoil. Sea Sun.

從語法的立場來看，卻很像中國的羅列語法。此句中既有空間切斷，語法切斷，復有「驚亂」的意象複疊而為一強烈的印象，其間的關係且是併發共存的。龐德的《詩章》中用了極多此種語法，茲列舉數則於後：

Rain; empty river; a voyage
……………………………
Autumn moon; hills rise above laker
………………………………………
Broad water; geese line out with the autumn

——選自 *Canto* 49

Prayer: hands uplifted
Solitude: a person, a Nurse

——選自 *Canto* 64

Moon,　　cloud,　　tower　　a patch of the battisero
all of whiteness

——選自 *Canto* 79

《詩章》四十九是從一個日人題在一系列「瀟湘八景」的漢詩中拼合而成的。該組漢詩由義大利一個中國人逐字譯出（不甚佳），龐德便是按照此稿寫成（該詩在《詩章》中另有其獨特的意義，但非本文討論範圍）在這首詩中，龐德盡量的模擬中國的語法，而該詩竟成為最美的一節。他這一個做法，不但為他自己，亦為後來的詩人，如史迺德 Gary Snyder，突破了英文語法的制裁。

現在我們轉向威廉斯的詩。威廉斯的詩法一半繼承龐德而來，一半是受了現代繪畫的影響（後者的討論請參照 Bram Dijkstra 的 *The Hieroglyphics of a New Speech*）。在威廉斯的詩中，我們可以感到中文語法和龐德語法所提供的美感活動。試看下詩，(a)為傳統句法的安排，(b)是威廉斯的句法㉕。

(a) So much depends upon a red wheel barrow
glazed with rain water beside the white chickens

(b) so much depends
upon
a red wheel
barrow
glazed with rain
water
beside the white
chickens.

相信我們都可以了解到空間的切斷在此詩中提高了我們感物層次的每一刻的視覺性，每一個字因此可以從直線發展的限制下

㉕ 我在一九七〇年應美國新聞處之邀在臺南講演美國詩，曾以同樣方式談及此例。時在座的詩友白萩，因心有同感，後便曾引此例作一文談詩的連與斷的問題，另有一番發揮，可參閱。

解放出來，而這些獨立視覺事象與瞬間使得我們能從不斷變換的角度來觀同一的物象。讀者（觀眾）移入景中而與物象的各一視覺層次互相建立空間的延展關係。再看 “Nantucket” 一詩：

Flowers through the window
lavender and yellow
Changed by white curtains——
smell of cleanliness——
Sunshine of late afternoon——
On the glass tray
A glass pitcher, the tumbler
turned down by which
A key is lying——and the
immaculate white bed*

空間切斷及語法切斷的結果（從英文語法的立場來看，威廉斯的詩中有許多不完整的句子），使得讀者「時時刻刻」都凝注在每一瞬在我們感應程序中發生的「急迫性」——這就是奧遜和克爾里所得的啟示。所以奧遜和克爾里所撰寫的「拋射詩」（Projective Verse 理應譯為「投射詩」，但投射近於投影，與原意不合，曾引起國內詩人亂作附會之解，而奧遜、克爾里曾另舉 Projectile 一字以別其用意，故譯如上）立刻被威廉斯認可，以為正是其詩之意。該文中有一段話正好是威廉斯的詩的註腳：「一個感物的瞬間，必須馬上直接的引向另一個感物的瞬間。就是說：時時刻刻……與之挺進，繼續挺進，依著速度，抓住

* 譯文見本書一四三頁。

神經，抓住其進展的速度，感物的瞬間，每一行動，說時遲那時快的行動，整件事，儘速使之挺進，朋友。如果你立志為詩人，便請用、請一定用、時時刻刻的用整個過程，隨時任一個感物的瞬間移動，必須、必須、必須移動，一觸即發的，向另一瞬間。」㉖

威廉斯所用的語法的切斷在 "The Locust Tree in Flower" 尤其特出，玆並列該詩初稿及最後定稿以見其特異之處：

初樣	定稿
Among	Among
the leaves	of
bright	green
green	stiff
of wrist-thick	old
tree	bright
and old	broken
stiff broken	branch
branch	come
ferncool	white
swaying	sweet
loosely strung——	May
come May	again
again	
white blossom	
clusters	

㉖ Olson, p. 17.

hide
to spill
their sweets
almost
unnoticed
down
and quickly
fall

初稿和威氏其他的詩一樣應用了空間切斷來強調感物層次，但一般說來，初稿中語法未斷。但最後定稿則完全不同。請看 Among（在什麼什麼之中），但在句中 Among 什麼呢？Of（屬於什麼什麼，或什麼什麼「之」），但在句中，Of 什麼呢？這兩個 Prepositions（前置詞，即 Pre〔前〕positions〔位置〕之意，在文法中乃置於名詞之前，故名）原是抽象語，現在由於名詞的省略，而變為 positions 位置語，把讀者放在某境之「中」(Among)，然後改換角度和空間關係 (of)。角度再變而我們注意到色澤（green 強烈的色把我們抓住），然後再變而見時間變化 (old) ……。換言之，我們按語言的層次注意到刺槐花生長變化過程的各種質素。威廉斯用了語言的姿式去模擬其生長的過程，如摩擦音 "bright", "broken", "branch" 來反映生長的內在的掙扎而直到張口發音的母音 "Come"，花始儘放。

此詩正好暗合「甲篇」中 Zaslove 論及模擬藝術中的氣的活動。要該瞬間存真，我們必須以姿式及活動來反映支持該瞬間的生命的氣的運行過程。在這首詩中，我們必然亦注意到詞性的消失，英文中一般的語法及詞性的分配在本詩中均沒有依規定去做，其實，如果從傳統的英文文法來看這首詩，我們必須說：這根本不是英文！這根本沒有文法！但由於詩人捕捉了力與氣的分配，由於這個分配正能反映該瞬間活動的精神而將之傳達於讀者，這些不合文法語的字便足以構成完整的詩的媒介。＊

克爾里可能是第一個完全了解這種「氣的放射」（energy-discharge 克爾里用語）的模擬的美國詩人。他說：詩創作時何時應該轉折、為何如何轉折及在其活動中此轉折又指示了什麼？這是創作者最關心的隨轉折而成形（參證隨物賦形）的形式，而非從抽象概念中決定的形式㉗。

克爾里的詩異於威廉斯。他是一個主觀經驗的詩人，專寫他無意之間碰見的親密的時刻：「或一夜之溫馨，或曲之突然得直，或巧遇的一場愛。」㉘因此，克爾里的詩甚少強調視覺事象。但他化合了龐德及威廉斯的手法，而能使一個主觀的經驗達到客觀的實在性，請看此詩：

La Noche

In the court–
yard at midnight, at
midnight, The moon is
locked in itself, to
a man a
familiar thing

＊ 該詩其他層次的討論，見本書一八七—一八八頁。

㉗ Robert Creeley, "Open Form", *Naked Poetry*, ed. Stephen Berg and Robert Mezey (New York, 1969), p. 185.

㉘ Robert Creeley 序 *For Love: Poems*, 1950–1960 (New York, 1962) .

設若此詩用傳統的句法來寫，“at midnight” 便是文字遊戲的重覆，但現在的句法的空間的佈置，使得 “midnight”（中宵）“moon”（月）正好在詩的中央，好比鎖在 (locked in) 詩人意識的兩臂之中，我們彷彿實實在在的感到由外在世界「轉」入詩人內在世界親密的一刻。

我想用美國現代詩人史迺德的一些詩例不加陳述地為本篇作結。史迺德一面繼承了寒山和王維（二人他都譯過），一面繼承了龐德和威廉斯所開拓的語言的可能性。現列四節：

(一) Burning the small dead
branches
broke from beneath
Thick spreading white pine.
a hundred summers
snowmelt rock and air
hiss in a twisted bough
sierra granite;
mt Ritter–
black rock twice as old
Deneb, Altair
Windy fire.

節自 “Burning the Small Dead”

(二) Well water
cool in
summer

warm in
winter

節自 "Eight Sandbars on the Takana River"

(三) First day of the world
white rock ridges
new born
Jay chatters the first time
Rolling a smoke by the campfire
New! never before
bitter coffee, cold
Dawn wind, sun on the cliffs,

節自 "Hunting", no. 15

(四) Every hill, still,
Every tree alive. Every leaf
All the slopes flow.
old woods new seedlings,
tall grasses plumes.
Dark hollows; peaks of light,
Wind stirs, the cool side
Each leaf living.
All the hills.

節自 "Regarding wave"

丙篇　匯通與歧異

如果我們仔細的比對這兩個不同文化背景不同時代的詩的

操作程序，其匯通處是很顯著的，但由於文化的不同，歧異之處亦不難發現。現先就其相似處作一簡略重述。中國古典詩裡經常發現：

1▲作者自我溶入渾然不分的存在，溶入事象萬化萬變之中。

2▲任無我的「無言獨化」的自然作物象本樣的呈現。

3▲超脫分析性、演繹性→事物直接，具體的演出。

4▲時間空間化空間時間化→視覺事象共存併發→空間張力的玩味、繪畫性、雕塑性。

5▲語意不限指性或關係不決定性→多重暗示性。

6▲不作單線（因果式）的追尋→多線發展、全面網取。

7▲連結媒介的稀少使物象有強烈的視覺性和具體性及獨立自主性。

8▲因詩人「喪我」，讀者可以與物象直接接觸而不隔，並參與美感經驗的完成。

9▲以物觀物（見 2）。

10▲蒙太奇（意象併發性）——疊象美。（以上當指中國詩異於一般傳統西洋詩之處，其相同處如「我如何如何」亦是有的，但非我國古典詩之獨特處。在此只拈出重要的表達意趣。）

如果我們只集中在這些表達上的特色來看，除了 1、2、9 三點之外，英美現代詩幾乎都全適用，就連 1、2、9 三點亦曾有詩人試圖克服，如艾略特「自我個性的泯滅」的理論，如史迺德重無言之境的詩都是極其重要的努力。

但當我們實際接觸英美現代詩時，除了一些意象派的短詩和史迺德後期的詩之外，常常覺得要費煞很多心機始可以進入

詩境,與中國詩之「不隔」「無礙」截然的不同。用 Roland Barthes 的話來說:

> 現代詩把語言中的關係破壞了,而把推論的過程減縮為一些靜物的字……而字是一些垂直的物體……沒有過去,沒有環境。

這段話原是對象徵主義者馬拉梅而發的,如我在「乙篇」所說,馬拉梅的物象從實有中抽離而成為其私人獨特用意的物象,因為是「私人獨特用意」,所以仍然是強烈的自我的率意安排,換言之,仍是個人主義主宰著詩境,沒有做到無我。而繼承了象徵主義的龐德、艾略特以至黑山詩人,同時也繼承了「語言的絕對性」「語言便是物象,便是境」的信念,所以雖然鼓吹無我,詩中的文字特有的表達方式其實便是自我的重新肯定。舉一個簡單的例子來說,「甲篇」中所提到的「松風」二字是具有多面性 (multi-dimensionality),這話如何講? 首先「松」「風」二物同時出現,互相成為一種環境,英文中的 winds in the pines 或 winds through the pines,我們稱之為說明性,是因為單面的意義單方向的指示 (One-dimensional, one-directional),不似中文那樣使我們進入環境的中央,在松的存在與風的運行(沒有說明 in 或 through 或 above)之間作多面關係的聯接。象徵派以來的詩人覺得他們的語言太過單面性和單向性了,所以才有「語言的革命」,Gertrude Stein 設法在一行詩中求出多種的讀法 (multiple readings),使得每一個字都獨立和絕對,但我認為字與物是不能分割的,把字獨立以後必須同時歸回物象。首先 Stein 及很多現代英美詩人的做法便是使字與物分割,就算他們用的是物象，這些物象已非在大自然或具體的完整現象的物象，這些抽離的物象和字都被「陌生化」了。「陌生化」的作用便是要讀者將之看作完全新鮮的事物，然後再讓這些新鮮的事物由作者獨特的構思製造一個絕對的與外在現實不同的世界——而往往是「以語造境」的「語境」。這可以說是現代主義中最大的矛盾。在一面，由於物象獨立與鮮明，在表達程序上接近了中國古典詩，但另一面，因與外在現象切斷，所呈現的外物還是詩人私心世界的投射，無法做到真正的無我。

我們再回頭來看中國詩，「松風」還是自然裡的松和風，從未離開實境，一如中國山水畫中的山和水一樣不是抽離而重組成不可辨認的世界。中國的語言，雖然超脫連結媒介而使物象獨立而鮮明，我們並不覺得是費點心機的異於常態，是因為悠久的切切實實「無我」的意識使然，(中國詩人無意另造一個自然，他們只要讓原來的自然很鮮明的自化和演出，例外當然也有，如李商隱的〈碧城〉三首)。西方的語言慣於由「我」造「境」，一旦決定把語言中這些元素剪除，便把語言「碎片化」，使人覺得其陌生，如此藝術的心機便過於做作，與自然之義不合。但如威廉斯所說：我們需要新的意念才可以創造新的詩行。新的詩行還待新的宇宙觀去支持，必須要等到西方人完全剔除個人主義的包袱，他們（欲切去分析元素的）語言才可以成為自然語。近年史迺德和羅斯洛斯 (Rexroth) 的詩，便有脫去詭變的心機的表現，如史迺德這幾句：

pine tree tops
bend snow-blue, fade
into sky, frost, starlight

便具有中國語法而不覺得「隔」與「陌生」。這當然與他服膺於無言獨化的自然有關。

結語

本文一面想對中國詩的美學作尋根的認識，一面希望能引發兩種語言兩種詩學的匯通，而希望有一天，可以真的達成文化的交融——假定西方的讀者那一天肯開懷接受部分東方的美感領域及生活風範，假定我國的讀者不再過度的迷惑於物質主義自我中心的西方的思維方式和內涵。當李長之在一九四二年的「迎中國的文藝復興」對五四過度傾心於賽先生的批判時，大家都無法聽進去。但他所說的話，卻非常值得我們去再加思索：「明白清楚，就是五四時代的文化姿態……對朦朧糊塗說，明白清楚是一種好處；但另一面說，明白清楚就是缺乏深度。水至清則無魚，生命的幽深處，自然有煙有霧……（五四是一種）反『深奧』的態度。」五四給了我們新的眼睛去看事物，但一廂情願去拜倒細分的解剖（解剖的結果是肢解）的西洋思維方式的裙下，是會傷及我們美感領域及生活風範的根的。這，只是我一點點的友善的提示罷了。

一九七三年於加州大學

附錄：時間與經驗

現象是不斷變化，不斷演進的，我們要逆轉它也逆轉不了，逆轉它就是違反自然（這也是《易經》的本義）；現象固是如此，但要表現這個萬物萬化的現象，我們起碼有三種限制——因為表現就是人為，人為就必有限制；衝破這些限制就是藝術，能使成品脫盡心智的痕跡而接近經驗的本身，就是藝術進而自然。三種限制為㈠語言的限制；㈡感受性的限制；㈢時間的限制。我們在此略加說明：

㈠語言的限制——事件、行動衝入我們的意識時，是具體的，不管是通過視覺或聽覺，它是多面性的實體，而且它同時指向許多相關但並不顯現的事物。語言是一種符號，來指示、代表事件、行動，但必無法代替「可以觸到、可以感覺」的事件的本身。而且它不能夠在同一瞬裡把多面性一齊供出，它必須環物而走的一步一步的描寫，等到回到起點始算把事件勾住。即就「鏡頭」而言，也只能供出一面而非全體。作者要接近事件或行動的實體，就要衝破語言的限制：他可以使用「意象併發」或「擇其最明澈、最具暗示其他的角度」將之呈現。

㈡感受性的限制——表面看來，這是天才和非天才的分別，某人感受性特別敏銳，一觸即悟其全體；某人特鈍，反覆觀察，仍未得其分毫。此人表裡完全洞識，可以不假思索，因而沒有文字障，成品無跡可求；彼者未入堂奧，雖費盡筆墨，刻盡心思，而未見門檻。（我們不必堅持天才說，但這種悟性的分別是存在的。）但我在此只就一個人意識裡接受外物的限制，作者和事物接觸會有(A)初發的印象，(B)繼發的印象，(C)追憶的印象，加上知性的介入。（知性過度的介入會破壞這一刻內在的機樞。）這些印象繼次的發生固然是經驗的一部分，如果一篇作品的重心是在於敘述者自身經驗的掙扎和探索，這些印象繼發的過程或交錯發生的過程的記錄當然算是接近經驗的本身；但如果它的重心不在敘述者自我的心理活動，而是現象本身的活動，則必須在一刻中全盤托出，否則就失去時間的真實性、失去轉瞬即逝但萬物俱全的拍擊力。問題在：作者只能供出一個印象，希望能包孕其他，不然就是「意象（在此我們不妨說：印象）併發」。一種是近乎「不著一字、盡得風流」。（或者說，「只著一字，盡得風流」，因為「無語界」到底是禪的最高境界，用了文字就不能「禪」了，文學家是不能絕對「禪」的。）一種是「萬物齊臨」。二者皆非習慣於因果律的作者讀者所喜，因果律的人要求「此物因何故產生彼物」那種思維性——由這種思維性所產生的藝術品當然是剖腹以後的青蛙！

㈢時間的限制——語言裡的解說性和感受裡化驗性的誤用和濫用，完全是出自對「時間」的誤解。且先讓我們聽蘇東坡兩句要義：

> 自其變者而觀之，則天地曾不能以一瞬；
> 自其不變者而觀之，則萬物與我皆無盡也。

此段與《莊子・大宗師》並讀始見其心：

> 夫藏舟於壑，然而夜半有力者負之而走，昧者不知也。藏小大有宜，猶有所遯，若夫藏天下於天下而不得所遯，是恆物之大情也。特犯人之形而猶喜之，若人之形者，萬化而未始有極也，其為樂可勝計邪，故聖人將遊於物之所不得遯而皆存。

此段郭象注為：「聖人遊於萬化之塗，萬物萬化亦與之萬化。」「自其變者而觀之」是「藏舟於壑」，是狹義的「變」。「自其不變者而觀之」是「藏天下於天下」，是廣義的「變」。現象本是川流不息，表裡貫通，但人將之分割為無數的單位，然後從每一個單位中觀察其中的變化及前因後果，如何某物引起某物，某事連帶某事，這是人的智力的好勝，人為的分類；就是在這種分類的活動裡，狹義的時間觀念乃產生：「時間」被視為一件事進展的量器：過去、現在、將來。換言之，觀者的視野只活動於有限的空間和時間，其對宇宙現象的了解是由分割了以後的現實拼成，受限於一個特定的地點，受限於一特定的時間（如：去年某月某日至今年某月某日。）這種活動產生理性至上主義，其發展的極致是科學精神，都是企圖以人的智力給宇宙現象定秩序。但這種活動只是「自其變者而觀之」！這種活動反映於文學上的，尤其是西方的文學（包括詩），雖然作者有躍進「不變者」的意圖，但總是由有限的時間開始，不像中國詩裡（指成功者而言），一開始就是「自其不變者而觀之」，其視野的活動是在未經分割、表裡貫通，無分時間空間、川流不息的現象本身。

語言與真實世界*

——中西美感基礎的生成

為了突出不同語言表現的潛能及限制，容我們在本文裡用少量的英文字句，作為比較或對比。

首先，我們試從生活中一瞬所現出的實境出發。譬如說，眼前出現了下列幾個元素：stream（溪澗）house（房屋）silent（寧靜）no one（無人跡）。在我們注意到這些事物之「前」，在我們能決定「房屋」和「溪澗」的位置之「前」（房屋是在溪澗之旁？在溪澗上方？俯視溪澗？……），在「寧靜」起自可能是潺潺、滴滴、淙淙的溪澗之「前」，在我們覺察到「無人跡」之「前」〔按：所謂「無人跡」，是似是而非的對立，因為我們的「出現」（出席）而知人的「無跡」（缺席）；但要保持「無人跡」的真象，我們應該馬上隱退，或者我們假定我們可以不出現，才可以保持「無人跡」（存在的否面）合理〕。在注意及決定事物的狀態和關係之「前」的一瞬，亦即「指義前」的一瞬，是屬於原來的、真實的世界。這個世界是超乎人的接觸、超乎概念、超乎語言的；「指義」的行為，則是屬於以語、義運思的我們（觀、感的主體），居中調度和裁定事物的狀態、關係和意義。指義行為，是從原來沒有關係決定性的存在事物裡，決定一種關係，提出一種說明。原來的存在事物，在我們做了選擇與決定之前，是無所謂「關係」的。也可以這樣說，它們的關係是多重的；觀者從不同的角度去接觸它們，可以有多種不同的空

* 文中所引《莊子》（包括郭象注），按照郭慶藩編的《莊子集釋》（臺北：河洛，一九七四）。

間關係，多種不同的理解與說明。換言之，指義行為亦包括和事物接觸後所引發出來的思考行為。這種行為，基本上是對直現事物的一種否定，一種減縮，一種變異。所以，當黑格爾說：思維是一種否定的行為。亦即此意。

對實境與語言之間作這樣的考慮的時候，我們會馬上面臨一個重要的美學問題，那就是：我們用語言寫詩，能不能一成不變地把「指義前直現的實境」完全呈示？譬如說，如果我們借用英文作為一種語言示例，我們可不可以直書：stream house silent no one？只要對英文稍有認識的讀者都會說：不可以。因為這樣做是違反了英文的法則。但，如果有另一種語言，譬如中文，卻可以直書：澗戶寂無人。而不覺得不自然，我們應該如何去了解這由同一實境出發的兩種語言現象？是什麼哲學或美學的立場使然？為什麼用英文依事物的直現直書會引起「不正常」的感覺，中文就不會。這裡牽涉到的，不只是美學或哲學的問題；這裡還牽涉到「意識」發展的歷史問題。

借用美國現代詩人威廉・卡洛斯・威廉斯的一句話：要一句「新」的詩出現，還得依賴一種「新」的思想生成❶。語言的活動與運思的方式是息息相關的。不同的觀、感外物的方式會產生不同的語意行為。我們試把前列的一些問題，按這種觀物與語言的關係，重新提出，可以顯出當今哲學界和詩潮方面所關注的重點。

一、真實世界直現的一瞬通過語言，可以避開語法、修辭、語規等削足適履的行為而「質樣俱真地」顯現出來嗎？

二、語言的本質是歷史的，其活動行為常常是把活生生、多樣性的經驗，套入一些乾淨俐落、序次有定、經過減縮的框

---

❶ *Paterson* (New York, 1946), p. 50.

框裡。所謂「創新」，如果說，是要從語言的桎梏裡完全解放出來，成為真的「原、新」的表現。這樣的「創新」究竟是不是可能?

三、語言既然有這樣的侷限，我們真的可以做到史提芬斯 (Wallace Stevens) 所渴求做的——「用無知的眼睛看世界」嗎?

在西方的奧菲爾斯 (Orpheus) 神話裡，哲學家和詩人們提出一種看法：語言使世界發生和存在，又說語言和世界中的存在事物同體不分。象徵主義者馬拉梅 (Mallarmé) 深信語言是一枝魔杖，可以使一件物體消失，讓語言在原真空無的世界前顫動並與世界的整體結合。這兩種說法都是要把語言的潛能推展到神秘的領域。在那個與萬物一體的初民時期，這種與物靈通的語言，也許曾經發生過；但我們現在應用的語言，不管是詩作的或實用的，皆異於上述兩種宏偉的構思。

借用美國學人弗德烈・詹姆遜 (Fredric Jameson) 的用語，「語言其實是一個牢房」❷，不斷的在一個「關閉的」語規系統裡反覆成規、解規 (如目前歐美結構主義者所了解的)；語言也是一個「開放的」系統，屬於歷史和時間的，不斷生長、不斷變化，層層示意作用構成一些不斷交織、但又不斷限指的觀、感程式。如果詩人決心要創新，便先要從這個網中解放出來。也可以這樣說，語言的牢房和思想的牢房是緊密接連的。

因此，要一行「新」詩句能獨立肯定地出現，一個詩人，首要的，便是恢復我們最原有的根據地，亦即是我們能接觸直現事物的實境。要重獲這個起點，他必須從慣性的思想屋子裡走出來，然後才可以走入「存在」的新屋裡。關於這個問題，

❷ Fredric Jameson 論俄國結構主義的書書名為 *The Prison-House of Language*。

近人海德格 (Martin Heidegger) 的警告是值得注意的：他認為溝通的危機隱藏在語言的本身。他假想和一個日本人對話：

日人：但 Kuki 伯爵不是德、法、英語都說得挺不錯的嗎？
海：當然不錯。什麼問題他都可以用歐洲的語言討論，但我們討論的是「意氣」(氣、精神世界)，而我在這方面對日文的精神卻毫無所知。
日人：對話的語言把一切改變為歐洲的面貌。
海：然而，我們整個對話是在討論東亞的藝術與詩的精髓呀！
日人：現在我開始了解危機在那裡；對話的語言不斷的把說明內容的可能性破壞。
海：不久以前，我愚笨地稱語言為「存在之屋」，假如人藉語言住在「存在」的名下，則我們就彷彿住在與東亞人完全不同的屋裡。
日人：設若兩方的語言不只是不同，而且是壓根兒歧異呢？
海：則由屋到屋之對話幾乎是不可能。❸

我們或者可以繼續說：由屋到屋是看我們能不能夠恢復原有的根據地，亦即指義前、質樣俱真的「直現直覺」的實境；在這一瞬中，語言的興發，不是要把質樣俱真的事物改觀異態，而是使它們能夠即席原樣的顯現。這，當然是海德格一生所著力的地方。

❸ Martin Heidegger, *On the Way to Language*, trans. Peter D. Hertz (New York: Harper & Row, 1971), pp. 4–5.

現在讓我們回到文中最初提出的一個實境，同一個實境，中、英文的指義行為竟有如此的差別。「澗戶寂無人」，在一般西方語言的法則下，常常會將這幾個存在現象的元素用下列的方式表出（加線部分是英文多加的）：

Silent is the hut beside the stream: There is no one at home. ❹

（澗邊的草廬是靜寂的：沒有人在家）

英文把時空關係原是自由的事物定時定位，成為只有一種看法，只有一種解釋。現在再列出一些例子（均出自該句的英譯）：

The valley house deserted, no one there

—G. W. Robinson❺

（谷中的屋荒廢：裡面無人）

Hidden in a gorge, unnoticed

—H. C. Chang❻

（隱在峽谷中，無人注意）

Families no longer live in this deserted valley

—Chang Yin-nan and Lewis C. Walmsley❼

---

❹ Jerome Chen and Michael Bullock, *Poems of Solitude* (Vermont & Tokyo: Tuttle, 1960), p. 73.

❺ G. W. Robinson (trans.) *Poems of Wang Wei* (Harmondsworth: Penguin, 1973), p. 31.

❻ H. C. Chang, *Chinese Literature: Nature Poetry* (Edinburgh: Edinburgh Univ. Press, 1977), p. 76.

（沒有任何人家住在此荒谷中）

這些表式與原來的實境之大異，是顯而易見的。這些表式或其他可能的表式，都沒有為直現事物作為直現事物的真質指證，它們只是真實事物的「譯述」、「說明」、「解釋」，把真實事物減縮、改變、限制。人用了定位定義的藉口，把事物原有的自由，具有多重時空關係的自由剝削了。

可是，我們一旦覺察到這些指義的行為、這些概念化和語言表義的結果，和存在事物原來的狀態、原來的訴諸力是不相對應的；這時，我們便可把我們了解的據點換位：首先，承認「概念化的理性」之缺憾，承認語言本身之不足，無法使原來的世界質樣不改地存真；其次，要認識到，「指義前直現的事物」，既然是宇宙現象整體不斷推移不斷成化的一部分，欲保存它們的真樣，必須讓它們既是「直現的具體」，也是「未加名義的空純」，讓它們含孕在融匯不分的渾一裡。

無言獨化：道家美學與語言通明

「保持未加名義的渾一」這個認知真實世界的觀物態度很早便為道家所重視，所謂

道可道，非常道
名可名，非常名（《道德經》一章）

「可道之道」，「可名之名」，是屬於概念的世界，是語言的表式。

❼ Chang Yin-nan & Lewis C. Walmsley, *Poems by Wang Wei* (Vermont & Tokyo: Tuttle, 1958), p. 42.

宇宙現象的事物可以完全不受它們的牽制而自動自發地存在。正如海德格所說:「所有的存在物都不會受人為的概念所影響。」❽物各自發自然也。但嚴格的說來，只要我們想到事物，這一動念便已經是語言的行為;欲求實際無礙地進入事物的整體性，第一步便是要無言，即所謂無語界。理想的知應是無智、無知或未知。莊子在〈齊物論〉說:

> 古之人，其知有所至矣。惡乎至？有以為未始有物者，至矣，盡矣，不可以加矣。其次以為有物矣，而未始有封也。其次以為有封焉，而未始有是非也。是非之彰也，道之所以虧也。(《莊子集釋》七四頁)

最完整的天機是「未始有物」的渾然，人置身宇宙萬物而覺物在，在「以為有物」而「未始有封」之際，仍可以保存天機的完整；一旦有封 (概念化、類分)、一旦有「是非」之分 (判定、批判)，天機的完整便開始分化破碎為片斷的單元。老、莊認為，語言既然是分封的一種活動，所以「知者不言，言者不知」(《道德經》五十六章)；語言既無法包孕宇宙現象生成的全部，(「意隨之不可言傳」。《莊子集釋》四八八－四八九頁) 亦無法參透肉眼看不見的物之精微 (《莊子集釋》五七二頁)。

說語言文字無法盡表直現事物，這一個根本的認識含有另一個更根本的體驗，那便是認定：人只是萬象中之一體，是有限的，不應該被視為萬物的主宰者，更不應該被視為宇宙萬象秩序的賦給者。

近代哲人威廉・詹姆士 (William James) 和懷海德 (A. N.

❽ *Introduction to Metaphysics* (New Haven, 1959), pp. 5, 29.

Whitehead) 對於世界的真秩序和人為的秩序的差別有精細的闡釋。詹氏說:

> 宇宙世界向我們每人分別呈現其內容時顯出的秩序和我們的主觀興趣是如此的相異，我們一時無法想像出它實際的形狀。我們往往要把這個秩序完全打破，然後將關及我們自己的事物選出，再和相離甚遠的其他事物串連起來，並稱說它們「互屬」，如此來建立起某些序次的線索和傾向……但此時此刻實際經驗不偏分地相加起來的總和，不是全然混亂嗎？……我們沒有感官或能力可以欣賞這個如此平白無辨地呈現的秩序。此刻客觀地呈現的真實世界，是此刻所有存在物所有事件的總和；但這一個總和，我們可以思考嗎？特定時間裡全部存在橫切面的面貌，我們可以體現出來嗎？當我現在說話的同時，有一隻蒼蠅在飛，阿瑪遜河口一隻海鷗正在啄獲一條魚，在亞德隆達荒原上一棵樹正在倒下，一個人在法國正在打噴嚏，一匹馬在韃靼尼正在死去，法國有一雙胞胎正在誕生。這告訴了我們什麼？這些事件，和無千無萬其他的事件，各不相連地，同時發生，但它們之間可以形成一個理路昭然聯結而相合為一個我們可以稱之為世界的東西嗎？但事實上，這個「並行的同時性」正是世界的真秩序；對於這個秩序，我們不知如何是好而儘量與之疏遠。正如我們所說的，我們將之打破，分化為種種歷史，分化為種種藝術，分化為種種科學……我們製造出一萬種串連性序次性的秩序……在部分與部分之間找出許多串連的關係——一些隔於我們感覺經驗的關係

……從這些無盡的串連關係之中，我們宣稱某些是「精要的」，某些是「可依的律理」，其他的便一概忽視、放棄……並堅持感官所得的印象一定要「屈服於」或一定要「減縮為」某些我們切要的形狀。❾

詹氏認定我們的知性活動無法把「並行的同時性」完全掌握，但像西方習慣的分封思想那樣，也無法把萬物渾然的運作視同「物各自然」的互應，而擔心這原來的真秩序能否成為秩序。（西方分封思想的發展，在本文的後部分會溯源討論。）用懷海德的話說：

實際經驗裡所見的不整齊和不調協的個性，經過了語言的影響和科學的塑模，完全被隱藏起來。這個齊一調整以後的經驗便被硬硬的插入我們的思想裡，作為準確無誤的概念，彷彿這些概念真正代表了經驗最直接的傳達。結果是，我們以為已經擁有了直接經驗的世界，而這個世界的物象意義是完全明確地界定的，而這些物象又是包含在完全明確地界定的事件裡……我的意見是……這樣一個（乾淨俐落確切無誤的）世界只是「觀念」的世界，而其內在的串連關係只是「抽象概念」的串連關係。❿

道家為要保持或印證未被解割重組前的真秩序，特別重視「概念、語言、覺識發生前」的無言世界的歷驗。在這個最初

❾ *The Will to Believe and Other Essays in Popular Philosophy* (London, 1905), pp. 118–120.

❿ *The Aims of Education* (New York, 1967), pp. 157–158.

的接觸裡，萬物萬象，質樣俱真地，自由興發自由湧現。莊子對「未知有物」的「古之人」極力陞揚，老子呼籲「復歸於嬰」（二十八章），回到童真與自然萬物之間無礙的應和。「古之人」，在渾然不分、在對立與分極的意識未成立之前，兒童，在天真未鑿的情況裡，都可以直接地感應宇宙現象中的具體事物，不假思索，不藉抽象概念化的程序，而有自然自發的相應和。這種調合的自發的應和，莊子稱之為「天放」（《莊子集釋》三三四－三三六頁），老子稱之為「素樸」（二十八章）。「素樸」代表了我們原有的、整體渾然的意識狀態，開放，無礙，萬物可以自由興發的放流。一般人因為得了智知，把抽象的思維系統套限了我們的原性，便失去了這個天放的意識狀態。我們如果一開始便了解這個素樸的原性，我們自然會與這太初的天放保持適切的步調，這包括觀、感的方式與語言的生成。

但在我們討論這個重要的指義雛型（觀物與用語）之前，我們先要了解到「天放」或「素樸」得與失的一些關鍵。

要重現我們可以任物我無礙地自由興發的意識狀態，首要的是要了悟人在萬物運作中原有的位置與關係。經驗顯示，人只不過是萬千存在物之一而已。（「天地與我並生，萬物與我為一」《莊子集釋》七九頁）我們沒有理由只給人以特權，認為他的思維結構形式是對宇宙現象唯一可以依循的權威；何況宇宙現象是昭著的大於人，是人無法全然包含表達的個體。有此了悟，我們便應在我們現在的意識裡，排除所有公式系統化的思維類分與結構，肯定存在於概念外和語言外的具體世界中的萬物，無需藉賴人的概念和語言，便可以自然自足、各依其性其用的演生調化。所謂「吹萬不同而使其自己也」（《莊子集釋》五〇頁），所謂「鳧脛雖短，續之則憂；鶴脛雖長，斷之則悲」

（三一七頁），物各具其性，各得其所，我們應任其自然自發。樹向上長，河往下流，石剛，水柔。大鵬摶扶搖而上九萬里（四頁），小鳥只決起榆枋（九頁）；大椿以八千歲為秋，朝菌卻不知晦朔（一一頁），各依其性各展其能。我們怎能以此為主、以彼為賓呢？我們只是萬物運作的一體，我們有什麼權利去把它們分等級？我們怎能以「我」的觀點強加在別的存在體上，以「我」的觀點為正確的觀點，甚至唯一正確的觀點呢？當我們如此做的時候，我們不是如井中之蛙，視部分的天空為全部的天空嗎？莊子要「齊物」，就是要把一切存在物一視同仁地尊重物各具其性、各當其分。我們不應把某一存在物視作超乎異常；我們沒有權利把共同參與自然萬物運作的同伴改變其質樣？白雲自白雲，青山自青山；白雲不可以責青山之為青，青山不可以責白雲之為白。所謂「可」「不可」「然」「不然」常是只從單一的觀點去作的判斷，以「此」責「彼」。事實上，

> 是亦彼也，彼亦是也。彼亦一是非，此亦一是非。果且有彼是乎哉……彼是莫得其偶，謂之道樞。樞始得其環中，以應無窮。（《莊子集釋》六六頁）

所以要化除名辨，同時從「此」從「彼」觀物——所謂「以物觀物」，始可得「天鈞」（七〇頁）。

道家在尊重萬物自然自生的活動時，最重要的是避免了以人為的法則去規矩天機，所謂「天」或「天然」者，是指物之「塊然自生……自己而然」（見郭象注，《莊子集釋》五〇頁）。所謂「道」，也是指萬物未受抽象思維分封自然生發的實況。

一旦了悟到人在萬物自放中的角色，我們自然不會重視滔

滔欲言的自我，而調整我們的觀、感角度與語言表式，轉向無言而能獨化、活潑地自生自發的萬物萬象。這個從整體出發（以物觀物）和從偏面出發（以我觀物）之間的美學含義是大大不同的。道家因為重視「指義前的視境」，大體上是要以宇宙現象未受理念歪曲的直現方式去接受、感應、呈示宇宙現象。這，一直是中國文學和藝術最高的美學理想，求自然得天趣是也。

我們在此不妨進一步探討「以我觀物」和我「以物觀物」之間美學感應和表現程序的分別。前者以自我來解釋「非我」的大世界，觀者不斷以概念、觀念加諸具體現象事物之上，設法使物象配合先定的意念；在後者，自我溶入渾一的宇宙現象裡，化作眼前無盡演化生成的事物整體的推動裡。去「想」，就是去應和萬物素樸的、自由的興現。前者「傾向於」用分析性、演繹性、推論性的文字或語態，「傾向於」用直線串連、因果律的時間觀，由此端達到彼端那樣刻意使意義明確地發展和明確地界定。後者「傾向於」非串連性的、戲劇出場的方式，任事物併發直現，保持物物間（使讀者能自由換位換觀點的）多重空間關係，避免套入先定的思維系統和結構裡。重視「以物觀物」的道家美學，是要儘量消除由「我」決定的類分和解說，而同時肯定事物原樣的自足，詩人彷彿已化作事物的本身。

但道家這套美學是包含著許多矛盾的。我們必須同時把這些矛盾指出，了解其間的複雜性，了解道家哲學中「離棄」的過程同時可以成為「合生」的作用，我稱之為「離合引生」的辯證方法。這個方法表面看來是一種否定或斷棄的行為：譬如說道不可以道，說語言文字本身的缺憾與不足，說我們應該「無為」，應該「無心」「無知」「無我」；我們不應言道；道是空無一物的。但事實上，這個看來似是斷棄的行為卻是對具體、整體的宇宙現象，對不受概念左右的自由世界的肯定。如此說，所謂離棄並不是否定，而是一種新的肯定的方法，也可以說是一種負面的辯證。把抽象思維曾加諸我們身上的種種偏、減、縮、限的觀、感表式離棄，來重新擁抱原有的具體的世界。所以，不必經過抽象思維那種封閉系統所指定的「為」，一切可以依循物我的原性完成；不必刻意地用「心」，我們可以更完全的應和那些進入我們感觸內的事物；把概念化的界限剔除，我們的胸襟完全開放、無礙，像一個沒有圓周的中心，萬物可以重新自由穿行、活躍、馳騁。所謂「心齋」（《莊子集釋》一四七頁）「坐馳」（一五〇頁）「坐忘」（二八四頁）「喪我」（四三－四五頁），求「虛」以待物是也。「以我觀物」的智心，往往是帶著許多預製的規矩來量量配配；道家的心卻是空的，空而萬物得以完全感印，不被歪曲，不被干擾。止水，萬物可以自鑑（一九三頁）。

虛懷而物歸，心無而入神（進入物象內在的機樞），離合而引生，空納以空成。如此，我們可以歷驗「即物即真」，歷驗「道不離物」（道雖不可道，但可以在物的自由興發見之）。

這個「離合引生」的負面辯證法，是中國歷代文學理論藝術理論的主軸。譬如「收視反聽」「澄心以凝思」「課虛無而責有，叩寂寞而求音」（陸機）；「神與物遊……貴在虛靜」（劉勰）；「運思揮毫，意不在畫，故得於畫……不滯於手，不凝於心，不知然而然」（張彥遠）；「素處以默，妙機其微」（司空圖）；「空故納萬境」（蘇東坡）；「不涉理路，不落言筌」（嚴羽）等。

但是，我們必須回到先前提出來的矛盾來。我們可以說，在道家意識活動的情況下，對萬物物各具其性的全然了悟可以通過「離合引生」的過程而重獲；但所謂「消除知性的負贅而達到真實世界神秘的機遇和接納」,卻是停留在我們作文字表達之「前」的意識狀態。照說,理想的道家主義的詩人,應該是沉默無言不求表達的;既然肯定了無語界,自然勾消了表達的可能。換言之,所謂「指義前」的表達是一個自相矛盾的說法。莊子對此有透澈的說明:

> 萬物與我為一。既已為一矣,且得有言乎?既已謂之一矣,且得無言乎?一與言為二,二而一為三。自此以往,巧曆不能得,而況其凡乎?故自無適有,以至於三,而況自有適乎?無適焉,固是已。夫道未始有封。言未始有常。(七九頁)

道是不可道的,但老、莊不得不用「道」字言之。但他們一面用了「道」字,一面提醒我們應該立刻將之忘記,以便再與天道自然為一。「道」字之用——同理,語言之用——彷彿一指、一火花,指向、閃亮原來的真實世界。

但語言,我們從歷史演變裡承受下來的語言,既如本文初所說,是一種礙手礙腳的「牢房」,我們如何可以使它直點直逗這個真實世界呢?在未發為詩的全然了悟之際和發諸文字來表現之間,我們能作何種調協呢?

道家「離合引生」的辯證法裡含有一個假定,那便是,當我們重獲原性與道為一,其他的活動會自然自發,得心應手,如庖丁之解牛(《莊子集釋》一一七——一九頁),如輪扁不徐不疾的斲輪(四九一頁),「已而不知其然」(七〇頁)。像我們走路,自動自發不知其然地走,只有在我們行動不便時或足傷時才會注意到「如何走法」。自發自動不知其然地走——這是我們原性中之一例。用現代生活的例子來說明，譬如開排檔的車，一個好的駕駛員，在換排檔變速時應該熟練到開自動變速排檔的車一樣，並不自覺何時需要換排檔，好像換了也不自知。達到這種沒有一點猶豫的機動，便像「魚（生於水長於水）相忘乎江湖，人（生於道長於道）相忘乎道術。」（《莊子集釋》二七二頁）；便像「沒人之未嘗見舟而便操之，彼視淵而若陵。」（六四二頁），便像呂梁丈人蹈水，出入於水能像我們呼吸空氣的自然，因為「長於水而安於水，性也」，他已得水之道，入水之性。（六五六－六五八頁）

在此，我們應該重看我們美學裡「自然」的觀念。傳統詩論畫論裡特別推重作品中自然的興發，要作品如自然現象本身呈露、運化、成形的方式去呈露、結構自然。這個美學的理想要把自然（物象不費力不刻意的興現）和藝術（人為的刻意的努力）二者間的張力緩和統合。嚴格的說，藝術，顧名思義，是不可以成為自然的；所以道家美學裡所說的是「重獲的自然」，「再得的原性」，一種「近似」自然的活動，「近似」自然興發的表現力。

> 俯拾即是，不取諸鄰。俱道適往，著手成春。
> 如逢花開，如瞻歲新。真與不奪，強得易貧。
> 幽人空山，遇雨採蘋。薄言情悟，悠悠天鈞。

這是詩人美學家司空圖對道家「自然」這個理想的發揮，是歷代詩人、批評家所持的信條。這個自然、自發、天機、天放、氣韻生動，……的理想，證諸書法與繪畫，不難明白。由於墨濕易散紙質吸墨又快，筆觸必須不可遲疑地快速完成。如此，由我們體內通過手而到紙上的氣之流動，一定要無阻無礙。同樣地，太極拳的每一個動作，都必須讓體內的氣自由自然無阻地流動，才可以使我們身體的機能復歸自然。對道家主義者，對書法家，對畫家，對太極拳師而言，心手無礙的互應互合——自然狀態產生自然機動，這是一個不移的信念，其間沒有什麼虛玄。

問題在，用語言文字寫的詩，也可以用這個「得心應手」「氣貫心手」的自然機動來說明嗎？氣、氣韻在中國傳統詩學中當然也是佔著最高的位置的，但語言文字的生長活動，可以比作「走路」那樣自動自發不知其然嗎？但蘇東坡就曾把文章的理想比成「行止皆當」的行雲流水。這個比喻雖然精彩有趣，但仍然無法解決語言——作為一種文化的產物——必然有的縛手縛足的、先定的指義作用。我們現在的問題是：我們如何能夠從這些限指、限義、定位、定時的元素中解放出來而使語言能接近（不是等於）真實世界？

當我們在最前面把中文「澗戶寂無人」提出來，說它比英文句子更接近真實世界直現的原貌，並不是說中文從頭到尾可以超脫這些元素；事實上，中文也有限指、限義、定位、定時的元素。分別是，由於道家美學把真實世界的原貌放在我們感認的主位，所以能把限指、限義、定位、定時的元素消除或減滅到最低的程度而並不覺得不自然。我們再看莊子一段話：

> 夫言非吹也，言者有言，其所言者特未定也。果有言邪？其未嘗有言邪？其以為異於鷇音，亦有辨乎？其無辨乎？道惡乎隱而有真偽？言惡乎隱而有是非？道惡乎往而不存？言惡乎存而不可？道隱於小成，言隱於榮華（浮辯、

> 華辯）。故有儒墨之是非，以是其所非而非其所是。欲是其所非而非其所是，則莫若以明。（《莊子集釋》六三頁）

語言當然無法和吹風一樣自然，它當然與鳥鳴相異。（按：詩論裡不論中西，常以「風吹」「鳥鳴」來比況詩，這也可以反面證明詩的一個理想，是要達致超乎語言的自由抒放。這個立場常被抒情詩論者所推許，所以道家的美感立場也可以稱為「抒情的視境」，lyrical vision；我要加英文，是因為中文「抒情」的意思常常是狹義的指個人的情，但「抒情」一語的來源，包括了音樂性、超個人的情思及非情感的抒發。例如不加個人情思的事物自由的直現便是。）語言雖不能自然如「風吹」「鳥鳴」，但如果能對真秩序有通明的了悟，語言的性能可以藉被解放了的觀、感活動，調整到跡近「風吹」「鳥鳴」的自然。

所謂「以物觀物」的態度，在我們有了通明的了悟之際，應該包含後面的一些情況：即，不把「我」放在主位——物不因「我」始得存在，物各自有其內在的生命活動和旋律來肯定它們為「物」之真；「真」不是來自「我」，物在我們命名之前便擁有其「存在」、其「美」、其「真」。（我們不一定要知道某花的名字才可以說它真它美。）所以主客之分是虛假的；物既客亦主，我既主亦客。彼此能自由換位，主客（意識與世界）互相交參、補襯、映照，同時出現，物我相應，物物相應，貫徹萬象；我既可以由這個角度看去，同時也可以由那個角度看回來，亦即是說，可以「此時」由「此地」看，同時也可以「彼時」由「彼地」看，此時此地彼時彼地皆不必用因果律而串連。所謂距離都不是絕對的。我們可以定向走入物象，但我們也可以背向從物象走出來；在這個我們可以自由活動的空間裡，距離方向都是似是而非似非而是。像中國畫那樣，後山不比前山小（如范寬的〈谿山行旅〉），就是避免了單線透視而獲致的活動角度活動距離的空間。

「以物觀物」，詩人在發聲用語之前，彷彿已變成各個獨立的物象，和它們認同，依著它們各自內在的機樞、內在的生命明澈地顯現；認同萬物也可以說是懷抱萬物，所以有一種獨特的和諧與親切，使它們保持本來的姿式、勢態、形現、演化。在這種物我通明裡，自然不分封，不作抽象思維定位定義的隱藏，不強加是非，不浮辯，不華辯；在這種通明裡，作為反映觀、感思維形跡的語言，很輕易地可以避過限指、限義、定位、定時的元素，不把「自我」所發明、所決定的意義結構與系統硬硬投射入素樸的萬物裡，就是說，不使萬物只為「自我反映」服役。語言文字應該用來點興、逗發萬物自真世界形現演化的氣韻氣象。而所謂氣韻氣象，常是可感而不可見的東西，所以更不應該落入語言的桎梏裡。因此，道家美學的語言，還重視語言的空白（寫下的語字是「實」，未寫下的是「虛」）。空白（虛、無言）是具體（實、有言）的不可或缺的合作者。語言全面的活動，應該像中國畫中的虛實，必須使讀者同時接受「言」（寫下的字句）所指向的「無言」（不著一字的風流），使負面的空間（在畫中是空白，在詩中是弦外的顫動）成為重要、積極、我們要作美感凝注的東西。語言文字彷彿是一種指標，一種符號，指向具體、無言獨化的真世界。語言，像「道」字一樣，說出來便應忘記，得意可以忘言，得魚可以忘筌。（《莊子集釋》九四四頁）或化作一支水銀燈，把某一瞬的物象突然照得通明透亮。

西方語言的危機：由冥思到蛻變

但當西方現代詩⓫，自象徵主義者馬拉梅以來的龐德 (Ezra Pound)、威廉斯 (William Carlos Williams)、孔明思 (E. E.

⓫ 關於英美現代詩語法的調整和變革，詳見本書〈語法與表現——中國古典詩與英美現代詩美學的匯通〉一文中的乙篇。文中有詳細例句。語法的變革約略有三種。第一，「假語法」。用賽孟慈 (Arthur Symons) 描寫馬拉梅後期的詩的話說：別人把物象串連以後，詩便完成；對馬拉梅來說，才是開始，他把串連的鎖匙抽走……。但馬拉梅的詩，如本文數頁後那首十四行，從語法的立場來說，是串連的，只是語法的串連並不把意義變成直線化。彷彿語法只為滿足我們的習慣。那些詩的了解完全要超出語法串連的秩序之上，視物象相互的玩味構成的多重意義。

第二、三是空間和語法的切斷來增加兩個單元的物象之間的多重玩味。現在只拈出龐德的名作〈巴黎地鐵一站〉(In a Station of the Metro)：

The apparition　　of these faces　　in the crowd;
Petals　　on a wet, black　　bough.
（人群中　　這些臉的　　幢影：
濕黑的　　枝上的　　花瓣）

每一單行裡，空間的切斷提高了意象的視覺性、獨立性，增加其空間的玩味，使詩以分段視覺層次的活動。兩行之間的語法串連元素被切斷了。龐德在其〈渦漩主義〉一文中特別提出，這首詩原是仿日本俳句的，他先模了一俳句：

The footsteps of the cat upon the snow:
are like the plum blossoms.

並說 are like（一物「相似」一物）在原文中是沒有的。在龐德的詩中正是去掉此二字。使一個意象複疊在另一個意象上。我在一九六九年的 *Ezra Pound's Cathay* 第二章裡有詳論。在此只拈出語法切斷的做法。其他的例子見本書五四—六三頁。

Cummings) 和拋射詩人 (Projectivists) 如奧遜 (Charles Olson)、克爾里 (Robert Creeley) 等的詩句設法消除語言中的「指義」元素時，人們無法不感到那些句子是「離常異正」。用近人巴撒斯 (Roland Barthes) 的話來說：

> 現代詩（原對馬拉梅而發，但亦指後期象徵主義者）把語言中的關係破壞了，而把推論的過程減縮為一些靜物般的字。這剛巧是我們（按：指西方而已）所了解的自然秩序的相反。新詩句所造成的斷續與不流動，帶給我們一個片斷片斷地流露的不相連的自然。當語言這些串連的用途被抽離以後，存在在世界的關係便變得含糊，物體在論說活動裡突然佔了一個崇高的位置：現代詩是物體（物象）的詩。在這種詩裡，自然變成一個支離破碎的空間，只有物體，孤寂地、駭人地……字被棄為一種垂直的物體，像一個獨立柱石或一根支柱，浮沉在「意義」「反射作用」和「記憶片斷」的大合體中。它是一個站立的符號。詩的字在此是一個沒有過去，沒有環境的行為，只凝滯著和它有關的源頭所折射出來的深濃的影子。⓬

同樣是抽離指義元素，我們的感覺為什麼如此的不相同？物象不但不親切不熟識，它們甚且是孤絕異質的。我們可以不同意巴撒斯的自然觀念，他的自然秩序仍然是以語言駕馭的自然，即前文詹姆士所提到「打破了並行同時性的」屬於「串連性、

⓬ *Writing Degree Zero*, trans. Annette Lavers & Colin Smith (New York, 1968), pp. 47–48, 49–50.

序次性的秩序」，但我們仍然無法完全接受這些「消除了指義性的句子」為很自然的東西，原因在那裡呢?

奇怪得有些時代被錯誤地並置的感覺，西方現代詩對於語言的所謂「重新發明」的運動，原來是對「語言的不足」而發的。現代詩人的焦慮，原來是起自「語言究竟能不能為直現的世界存真」這個哲學的思考的。事實上，所謂「語言的危機」亦是現代哲學、美學、詩學攪痛憂困的「認識論的危機」。請看卡繆 (Albert Camus) 在他的〈表達的哲學論〉一文裡所說的話:「最要緊的是：要決定我們的語言究竟是一個謊言還是真理。」⓭從馬拉梅通過史姐兒 (Gertrude Stein)，由龐德到後期現代派，由克依克果 (Kierkegaard) 到海德格到德烈達 (Derrida)，這個問題彷彿從〈啟示錄〉中驚怖神異的世界深處裡迴響出來。

馬拉梅對語言的缺憾這一個問題的焦慮，到了發瘋的地步，他發狂地想把「語言無法存真抱全的負面性」變為一種進入世界整體性的特權。對他來說，

> 所有的語言都是缺憾不全的，因為太多樣太歧異；真正超絕的語言仍未建立……地球上語言的多樣性，使到沒有人能夠說出保持「血肉俱全的真理」神妙的徽印。這顯然是自然的法則……亦即是我們沒有足夠的理由要與上帝對等。但是，從美學的立場來說，當我想到語言無法通過某些鑰匙重現事物的光輝與靈氣時，我是如何的沮喪！⓮

⓭ “Sur une philosophie de l’expression”: “Il s’agit de savoir si notre langue est mensonge ou vérité”.

⓮ Stéphane Mallarmé, *Oeuvres Completes* (Pléiade Editior), ed. Henr,

語字常被概念化的理性束縛在外物之上。馬拉梅在沮喪之餘，極力要把這些語字從中解放出來，讓它們，像完全孤立的事物，被移放在絕對的「無」裡，放在寂的空白裡顫動；在這個空境裡，物象與（傳統文化概念化的）語言將同時被否定。此時，「美」，像一束我們在植物界在花圃上所看不見的新花，神妙地，音樂地從語字中升起⓯。通過這個否定的程序，馬拉梅想還給語言奧菲爾式的神力：創造世界的神力。

象徵主義試圖把物象抽精取純，把語字變成道具或演員，促使他們在一個預先空場的舞臺上演出「他們自己的」生命；這樣做是要把原有活生生的經驗的脈搏肅清。這樣建造的世界與原來的真世界顯然是沒有認同的。（他創造的花是不見於植物界的!）這樣建造的世界，可以說是柏拉圖理念世界的折射。像他詩中的「窗」，都是關閉的，對外在世界的關閉；如果我們要認知這個世界，我們只能從它的「缺席」裡去感認。在這樣的一種事物的安排裡，我們無法重新進入物象自由活動的真實世界；詩人把物象從它們具體的自然環境裡抽離出來，然後把它們移放在一個新的（仍然是概念化的）語言世界裡，與外在世界毫無認同地，獨立自主地存在。馬拉梅說：「世界萬物的存在都是為了落腳在一本書裡（詩人用語言建造的世界裡）。」⓰在這一種偏重裡，詩人無意去重獲真實世界裡物象「指義前」的魅力。

> 我在不知名的世界裡……旅行，如果我確已逃避開現實

Mondor and G. Jean-Aubrey (Paris, 1945), p. 363.

⓯ *Oeuvres*, p. 368.

⓰ *Oeuvres*, p. 378.

凶猛的炙熱而沉醉於冰冷的形象，這是因為，已經有整整一個月了，我停駐在美學最純粹的冰河上；因為當我找到了空無，我已經找到了美。⓱

我們再看他約略同時寫有關一隻冰湖上的天鵝那首有名的十四行詩（譯文只做討論用，一時還顧不到馬拉梅字、音、象、位都不能調動的要求）：

貞潔、活潑、晶麗的今天
它能否用醉翼一擊，為我們敲破
重困於霜雪那被遺忘了的一片硬湖
那未飛揚的飛揚那透明的冰河?

來自別的時空，天鵝記起了牠的
宏麗，卻沒有自救的希望
因為未曾為牠生存的領域歌頌
當倦愁藉著荒蕪的冬天閃閃發光

牠用脖子全力去抖落那否定了
牠的空間所加諸牠身上的白色的痛苦
但顫不去那冰土絆纏著羽毛的恐怖

純粹的強光，注定牢困不能移的幻影
牠停留在層層白眼的冷夢裡
在徒勞的放逐間把牠層層地裹住

⓱ *Correspondance*, I (Paris, 1959), ed. Henri Mondor, p. 220.

馬拉梅在文字裡創造一個不知名的世界，文字要像一支魔杖，使物體與原有環境的關係消失，使直現的事物與它們原有環境疏遠、隔離，使它們成為完全獨立、沒有過去、沒有環境的物象，來創造一個新的（其實是由文字構成的、屬於美學的）世界。我們雖然勉強可以說，天鵝是詩人自況，這隻天鵝到底不是真實世界裡可以見到的天鵝；牠只存在於文字美學的世界裡，是詩人為了體現一種近乎神秘的強烈的感受（晶光奪目令人目眩的燦麗——現實世界中所沒有的燦麗）用文字營造出來的美學世界。這隻天鵝和前面提到的「不見於植物界的花」，同是異於真實世界的物象。馬拉梅曾引用《聖經》的話：「文字是世界」。這等於宣說他的工作即是上帝的工作，而篡奪了造物主的位置。

這種漠視外界去另造天地是屬於表現至上的行為，使到他和後期象徵派的詩人們（包括前述的現代主義者）所用的錯亂語法無法成為自然；因為無法與我們易於印驗的指義前的真實世界啣接，所以一直使人覺得是一種狂暴的行為，一種「離常異正」。

馬拉梅一面對語言不信任，一面卻給語言特權，可以創立它獨有的世界。如此說來，象徵主義對語言的看法，壓根兒與我們所說的「恢復事物最原始的根據地，接受萬物本樣直現」的考慮是完全兩樣的。但馬拉梅和後期象徵派的現代詩人為什麼要這樣做呢？他們對語言現有的功能反叛，其歷史緣由在那裡呢？他們面臨了怎樣一種認識論的危機呢？我們必須要從西方哲學、社會、歷史的錯綜變化裡了解。

當柏拉圖決定要把詩人逐出他的理想國，說他模擬的只是外在世界的幻象，而外在世界是變動不居的，外在世界的「現象」只能是永久不變的「現實」(理念世界 Logos;所謂「真理」)的幻影。我們第一個反應是,柏氏彷彿亦肯定藝術是人工,所以無法成為自然(神工)。如果從這條線推論下去,本亦可以認定人知性的限制和語言的缺憾;但事實上不然。

在柏氏的價值階梯裡,他把人的知識分成三個層次:最低的是直觀。他認為直觀所得的現象事物是不斷變化的;不斷變化的事物沒有價值,不能成為真理的依據,我們可以看出來,柏氏,一反道家所重視的萬物萬變萬化即物即真自生自然自足的具體真世界,而另有追求。

柏氏哲學系統中最高的知識層次是超知覺的,用純粹的知智對神明的「理念」(同時是「超善」的「理念」)作冥思,所謂「真理」即存在於這一個超越具體真實世界的抽象本體世界裡。而唯有哲思,不是觀感,可以參透這個理念世界。我們可以看出來,柏氏是重抽象思維,輕視形象感悟的。這兩個層次的取捨直接影響了西方整個觀物形態。

介於這兩個層次之間的思維活動是派撒哥拉斯(Pythagoras)所提供的數理、幾何的思維;根據柏拉圖,這是由直觀到理念唯一可行的途徑。數理、幾何思維在古代是產生於對宇宙的觀察,他們用一些「假設」的原理,去測量宇宙的構造和運行。這是西方科學的開始。但我們亦由此知道,所謂哲學思想的程式,其實已含有科學的邏輯推理,所以去認識宇宙是通過分析性的過程,這過程一直主宰著西方語言的個性。

但我們還應注意到,西方的所謂真理(不管是抽象的理念世界,還是宇宙運行的法則),說的只是真理不同的「概念」,不同的「假設」,是人為的一些結構代替了真實世界的本身。換言之,柏氏在他的知識層次裡,把秩序的重心放在人的思維裡

（不是放在外物），他創造了「理念世界」來與「所謂」淩亂無序的全體物象來抗衡；他這樣做已經使人與他的原有的根據地疏離，人已經無法視自己為萬象成化的元素之一，而視自己為萬物秩序的型範。

接著亞理斯多德一反古希臘(西元前三世紀)「太陽中心系」的信仰，而用推理的方式，把安佩都克里斯 (Empedocles) 的宇宙四元素（土、水、空氣、火），建立了「地球中心系」的有限宇宙，即土水為重，落為宇宙中心，氣火為輕，浮於外層，構成四個圓層，地球居中，水層次之，然後是空氣層和火層，太陽繞地球而行，外層還有一系列不動的星辰。這一個宇宙的模子，我們「現在」知道完全是「假設的」「虛構的」，所得的宇宙的秩序是概念的秩序，不是真世界的秩序；但這個「假設」竟然是壟斷了西方整個的科學思維的發展，包括利用這個模子來解釋人與上帝的關係的中世紀神學⑱，直到哥白尼 (Copernicus) 重新發現「太陽中心系」，才被打破。

這段歷史事實可以說明西方重人知性可以駕馭宇宙秩序的偏向，亞氏為西方奠下一個永久的信仰；人理知的建造往往被

---

⑱ 中世紀神學接受了亞氏的宇宙模子，認為地球是固定的、有限的，佔著宇宙中心的位置。外圈是星辰日月的透明層繞著地球而行。最外層是「不動的動者」上帝。和這個宇宙觀相息相觀的是「人、地球、上帝」的關係。照中世紀基督神學的看法，人是仿著地球成形的，人的血液仿似地球上的河流，人的髮仿似樹，人的鼻息仿似風……等，而地球是仿著上帝成形的。這三層關係由上至下便是 Macrocosm（一般譯宏觀世界），Geocosm（地球）和 Microcosm（微觀世界）。所以中世紀到十七世紀的詩常有一個圓反映另一個圓的形象。但到「太陽中心系」被肯定後，這個世界觀亦同時破滅。西方思想史上稱之為 Breaking of the Circle（圓的破滅）。

視為「絕對性的東西。」同樣地，當亞氏為了詩人能在柏氏的理想國取得一個名位，說文學可以提供「宇宙人事的共相」和「邏輯性的結構」的時候，這個「共相」和「結構」，是以人的理知為主位作抽象演繹的結果，是把人為的世界（抽象後的概念世界）視作真理的依據。

這種把人的自我提升到壟斷和主宰原有真世界的高位，在西方是每進愈加，甚至到哥白尼的運動發生以後，即亞氏宇宙的模子和中世紀神學以取模於上帝的人和地球為中心的宇宙觀已經被打破以後，這種自我中心的意識未見改善，譬如培根竟說「人為的東西與自然的產物，在形在質，都沒有兩樣。」⑲又譬如笛卡兒說:「工匠做的機器和自然產生的物體沒有分別」⑳。事實上，從十七世紀以後，人們還是像培根、笛卡兒那樣用機器的個性來解釋宇宙（「宇宙是一個鐘」,「人體充滿了管道」)，是倒果為因的做法。

人的自我控制真世界的形義的做法，也影響到歷史社會。這個壟斷自然的原則被轉移到人的關係上，即人壟斷人。人依著「用」的原則去取物、去了解物；現在人依著「用」的原則去取人、去了解人。在這種人人、物我的關係裡，物因此失去其獨立自主的原性；人因此失去他為人的真質。工業革命以後，更是無以復加。工業革命的結果是把「貨物交換價值的原則」

---

⑲ *The Works of Francis Bacon*, 14 vols., ed. James Spedding, Robert L. Ellis, and Douglas D. Heath (London: Longman & Co., etc., 1857–1859), I, p. 496. （“artificicialia a naturalibus non Form aut Essentia”, trans. James Spedding〔IV, p. 294〕）

⑳ *Oeuvres de Descartes*, II vols., ed. Charles E. Adam, Paul Tannery & Le Centre national de la recherche scientifique (Paris: Libroirie philosophiqve. J. Vrin, 1974), IX, p. 321.

主宰一切的人際關係。語言，在柏拉圖、亞理斯多德以來，原已走上了抽象取義的路上（物象與語言離異的開始），現在則更被減縮為一種純然是工具的東西，專為一種意識型態去服役：即物與人除「用」無他（看一棵樹只見「木材」而不見樹之為樹；看人則只考慮他的「生產潛能」，不考慮其本能的其他質素。是人的「物質化」和「異化」）。語言的作用不是什麼逗興天機，而只是為提供實用性的知識而存在。所謂語言的危機，我們說的不是一種唯美的遊戲，而是與我們意識型態的危機息息相關的。但這只是西方對語言要作重新思考的歷史緣由之一面而已。

照理說，哥白尼的發現應該可以使西方人從自我中心的意識中走出來；但結果是使西方人陷入更大的困惑。太陽中心系的發現是把柏拉圖、亞理斯多德的抽象世界和以取模於上帝的人和地球為中心的基督教條打破了，但原來用作解釋宇宙世界的架構（理念世界和所謂萬物之源的上帝）卻受到大大的懷疑。因此哲學家們或詩人們必須另尋「存在的理由」(raison d'être)。結果是，或被迫加速了理性的中心作用而引至邏輯實證論的客觀性，或被迫退入自我的主觀性，作為可以認知宇宙真質可以賦給秩序和意義、有創造性的有機活動體，如浪漫主義的「想像」，如後期發展裡象徵主義所提供的「語言（『自我反映』的語言）可以創造一個全新的世界」這個信念。

科學的興起不但把物象破碎了，而且也把人支離分割。工業革命後期的西方人要求工作、思想專門化，知識分工化，而產生許多複雜獨立互相隔離的單元，這些複雜性是已經被減縮化的傳統語言所無法掌握的。正如艾略特所說：

> 我們只能說，我們現有文化下的詩人們，顯然必須變得

> 難懂；我們的文化包孕著極大的變化和繁複性，而這種變化和繁複性，通過了細緻的感受，自然會產生多樣複雜的結果。詩人必須更加淵博，更具暗指性，以迫使（必要時甚至要錯亂）語言來達成意義。㉑

正如現代表現主義畫家要歪曲物象來捕捉內心的繁複性一樣，詩的語言（廣泛的說，西方現代的表現媒介與程序）呈現著更大的缺憾。這是他們要在語言中努力求變的另一緣由。

專業化、分工化的後遺症，是使得詩人（泛指一般文藝工作者）在社會中沒有角色可扮。本來一個詩人有責任為自然發聲，為社會與自然，為人與人作一種聯繫和溝通，去解釋宇宙的真理。但一夜之間，正如波特萊爾的一首散文詩所顯示的，他頭上的光環不知何時掉到陰溝裡去了。社會中沒有詩人的位置，解釋宇宙根本不是他的工作。科學要求實驗實證得來的真理，形而上哲學所提供的「真理」，道德哲學所提供的「真理」，有多少可靠性呢？這個問題的提出，再進一步使西方知識分子對自我發生了徬徨。懷海德曾經用丁尼生一句詩來說明這個徬徨的危機。丁尼生的詩句是：「星盲目地運轉。」如果星辰按照某種原子的律法盲目的轉動，那麼我們體內的分子是不是也盲目地運行呢？如果是，我們便無法為我們的行為負道德責任？如果是，我們又如何去了解「自我」的全部意義？科學對種種既定型範的質疑，一面促使到「人的意義」的追索（譬如作為現象哲學一部分的存在主義），對人的心理結構及行為的探討（如精神分析），另一面促使到「人與宇宙現象關係」的全面思考（如現象派哲學），或通過科學邏輯辯證對歷史現象作歸納的

㉑ T. S. Eliot, *Selected Essays* (New York, 1950), p. 248.

解說（如辯證論）。這些新的試探可以說仍然在試探的階段。

從上述西方意識演變的歷史裡，可以了解到：由於語言在減縮性的科學現實主義下無以涵蓋支離破碎的經驗面，由於人的物質化使得詩人的自我無法在宇宙事物的機樞裡找到可以存在的位置。是要對抗這兩種突變，詩人才急切地去肯定主觀性。所以，浪漫主義強調詩人智心中有主動組織力的「想像」，認為「想像」是超越邏輯與理智的無上有機組織體；同時在理念世界和上帝被十七世紀的「新哲學」炸破後，企圖把「自然」神話化來代替它們作為秩序的新依據，作為詩人歌頌智心全部潛力的憑藉；所以，繼之而起的象徵主義，把語言提升到具有奧菲爾式創造新世界的能力，做一個「象徵的自然」來代替「自然本身」(「語言即世界」,「風格絕對論」,「美即宗教」)——這些努力，不應視作純粹的逃避主義；我們必須去了解這個美學語言的行為和社會歷史之間的相應變化的關係。他們企圖對實證哲學的減縮性的威脅挑戰，對人的物質化與異化抗議，企圖用沉入美學世界的方式，在自身具足、獨立完整的作品裡，重新發現工業革命後期的人所棄逐了的精神性。

現代主義裡所說的「語言的重新發明」，是針對減縮性的理性和人的物質化而發的,「重新發明」的目的旨在恢復被上述兩種趨勢所放逐了的感應潛在面。但感應的敏銳力和靈性的重獲，卻不是強制地去提升語言、神秘化語言可以達致的，更不是自動把原有的真世界關閉於語言的門外可以產生的。要重獲語言與世界的應和，必須從根裡確認休默 (T. E. Hulme) 所說的:「西方思想裡最終極的病源」，亦即是，「自我」用種種妄自尊大的形式去侵佔原有世界的行為:

古人是完全知道世界是流動性的，是變動不居的……但他們雖然認識到這個事實，卻又懼怕這個事實，而設法逃避它，設法建造永久不變的東西，希望可以在他們所懼怕的宇宙之流中立定。他們得了這個病，這種追求「永恆、不朽」的激情。他們希望建造一些東西，好讓他們大言不慚地說，他們，人，是不朽的。這種病的形式不下千種，有物可見的如金字塔，精神性的如宗教的教條和柏拉圖的理念本體論。[22]

當自馬拉梅以還的現代詩人試圖把柏拉圖和亞理斯多德的推理模式拋棄後，他們並沒有把上述的病治好，他們仍舊以自我或自我意識為一切秩序的中心，而把原來的真世界改容放逐。由於不肯重新進入自由風發的事物本然，便使得他們無法真正能從語言的牢房中解放出來。

在此，道家物我的通明關係是具有特別意義的。我們就第一部分的探討試作扼要的重述。在「宇宙本然如此」與「宇宙應該如此」之間，道家重視前者，拒絕把人為的假定（關於宇宙的概念）視作宇宙的必然（宇宙本身），因而了解到，第一，名、義、語言、概念是偏限的了解，不但不得其全其真而且會歪曲其本樣。第二，真世界，無需人的自我去管理和解釋，是完全活生生、自動自發自然自化自真的，即所謂「無言獨化」。第三，人只是萬物之一體，沒有理由由人去類分天機；我們不要把「我」放在主位去主宰外物的形義，而應任物我自由換位

[22] *Further Speculations* ed. Sam Hynes (Lincoln: University of Nebraska Press, 1962), pp. 70–71. 休默和柏格森關係密切，詳見我的〈語法與表現——中國古典詩與英美現代詩美學的匯通〉一文。

互存互應互照互明。

在這種物我通明裡，我「以物觀物」，反映於語言的是容易地避過分析性、演繹性、推論性的元素而達至事物非串連性的、戲劇出場式的併發直現。由於自我溶入渾一的宇宙現象，認同萬物並將它們放在我們感認的主位，所以能消除「自我反映」的元素，能保持物物間多重空間的關係而覺自然而不斷續。

當西方現代詩人試圖消除分析性、演繹性、推理性，打破直線串連的邏輯，他們確實提高了近乎中國舊詩中的㈠「事物直接、具體的演出」，㈡加強了視覺性，空間的玩味，包括繪畫性、雕塑性，㈢保持關係不決定性而得多重暗示、多重空間的同時呈現，㈣意象併發性所構成的疊象美及㈤時間空間化空間時間化……等（詳見我另一篇文章：〈語法與表現——中國古典詩與英美現代詩美學的匯通〉）。但，我們現在可以明白：要這些新的語言結構收到效果，還需詩人把「自我」消融在宇宙萬象自由的流放中，或把「自我」在原來的物我通明裡求適切的調協，好讓直現事物保存其為直現事物的真樣，好讓我們能從物的「自然」環境裡（即未經疏離的環境裡）觀其自己的演化。所以，在西方詩人調整物我通明關係之前，在他們重認及擁抱真世界之前，他們語言風格的改革將無法成為自然；他們的藝術手段將被視為疏離的狂暴行為。

西方哲學家和詩人要把人類意識重新導向真實世界，這個想法，這個運動，其實已不是駭人聽聞的新事。早在一八四四年，克依克果 (Kierkegaard) 在他的《不科學的後記結語》裡，便對西方的抽象思維提出疑問：

每一個存在的個人所面臨的「存在」所包孕的困難，是

> 一項無法以抽象思維去表達的東西，更不用說明了。因為抽象思維壓根兒無視存在中的具體性、時間性和存在的過程……抽象思維面對一個難題時，用的是「把它省略」的方法，然後大言不慚地說一切已獲適當的解釋。㉓

抽象的系統涵蓋不了具體的存在。詹姆士的「並行同時性」和懷海德的「經驗直奉」可以說是這個主題進一步的說明（詳見第一部分）。都是反對把真世界用概念減縮為某些需要的形狀，及至海德格，他要求回到蘇格拉底時代以前對 Physis 的原意，他解釋為「事物的湧現」（包括其未動時的「存在事實」和動變時的「生成過程」），反對 meta-physis，即反對超出事物具體的存在而進入了概念的世界。中間還有休默 (T. E. Hulme) 繼承了柏格森 (Bergson)，拒絕把不可言喻的世界用科學方法減縮為一些號籤。主張找尋一種「視覺的具體的語言，一種直覺的語言，把事物可觸可感的交給讀者。它不斷的企圖抓住我們，使我們不斷的看到一件實物，而不會流為一種抽象的過程。」跟著意象派詩人所強調而當時尚未說清楚的「真實」和「自然即是自足的象徵」的理論，（詳見〈語法與表現〉一文）都是朝著具體真世界的方向思索。

上列諸種哲學的新導向顯示了重認素樸與即物即真的可能性。假如我們可以說服工業革命後期的人接受這個導向的話，這個可能性也許會出現。一行「新」詩句（如消除指義元素的句子）還需一個「新」思想（對西方而言）的普及始可成真、

㉓ Søren Kierkegaard, *Concluding Unscientific Postscript*〔1844〕, trans. by Swenson & Walter Lowrie (Princeton, 1941), pp. 97, 267.

始可自然。就是這個需要使海德格的哲學特別有意義：慢慢地破除減縮性的概念、類分行為及以理念世界為主的秩序，他設法恢復存在原有的根據地，指向直現事物為直現事物的真質。是在這一個層次上，我們發現海德格和道家主義者說著同一的語言。

在此，讓我們觀察兩個西方代表在這個新導向上的努力。其一是哲學家海德格，另一是詩人威廉斯。

像道家所主張的齊物論，海德格在其《形上學序論》㉔裡認為一切存在物之為存在物，價值是完全相等的，我們應該把它們平等看待，更沒有理由把所有存在物之任何一體，包括人，拈出來給予特別崇高的位置。

> 老實說，人是什麼？試將地球置於無限黑暗的太空中，相形之下，它只不過是空中的一顆小沙，在它與另一小沙之間存在著一哩以上的空無。而在這顆小沙上住著一群爬行者、惑亂的所謂靈性的動物，在一個偶然的機會裡發現了知識。在這萬萬年的時間之中，人的生命、其時間的延伸又算什麼？只不過是秒針的一個小小的移動。在其他無盡的存在物中，我們實在沒有理由拈出我們稱之為「人類」此一存在物而視作異乎尋常。（《形上學序論》三－四頁）

人既是如此，人便不應被放在主宰世界的主位。事實上，人並沒有這個能力。存在物的整體並不受任何求索識辨的努力

㉔ *Introduction to Metaphysics* (New Haven, 1959)；以下頁數，除非另外指出，一律以此書為據。

影響，不管我們問不問有關存在物的問題（概念的提出），「星球繼續依其軌跡移動，生命的汁液流過動物與植物。」（五頁）「我們問題的提出只是一種心理和精神的過程，無論它向那一個路程推進，都不會改變存在物本身」，存在物將繼續保持原樣（廿九頁）。他主張回到語言文字發生前的事物，因為「只要我們黏著文字和它的含義，我們便仍然無法接近物象本身」（八七頁）。用現象哲學大家胡塞爾 (Husserl) 和海德格二人的主要傳人馬盧龐蒂 (Maurice Merleau-Ponty) 的說法，是要回到「一切識辨反省發生之前原已存在的世界——那無法再疏離的『出現』。」㉕事實上，當我們用「存在」二字去討論現實的時候，「存在」二字是空的，不真實的，不可捉摸的。(《形上學序論》卅五頁）照海德格的意思，用「存在」二字是我們意欲識辨暫時的指標，當我們感認到那無法再疏離的原有存在本身時，「存在」二字便應劃去。(是「得意忘言」的相似說法。)

但正如海德格在另一文提到的（見第一部與日人假想的對話），西方人被囚困在他們語言特有的牢房裡。所以第一步還要打破有關宇宙存在的概念結構和這些概念結構主宰著的限指限義的語言程序和表式，使物象歸回「未限指未限義的」原真狀態（九一頁）。在〈賀德齡與詩的本質〉㉖一文裡，他特別指出詩人擁有最危險但也是最珍貴的語言。最危險，是因為他把原真事物疏離；最珍貴，如能脫離概念的假象，它可以把原真的事物重現。

㉕ Maurice Merleau-Ponty, “What is Phenomenology?” (trans. Colin Smith) in Vernon W. Gras, ed., *European Literary Theory and Practice* (New York, 1973), p. 69.

㉖ “Hölderlin and the Essence of Poetry”, in Gras, pp. 29–31.

海德格首先通過語根的追尋，企圖重認柏拉圖和亞理斯多德之前（即所謂蘇格拉底時代以前）某些基本印象的含義：

㈠ Physis（現代「物理」Physics 的來源）——原指「自身開放（如花的開放）的湧現」……如日之升，海潮之推動，草木之生長，人與動物自母體之出現……這種湧現和持續的力量包括其未動時之「存在事實」與動變時之「生成過程」。…… ta physei onta, ta physika：存在的領域……是通過最直接使我們注意的方法去印驗。（按：馬盧龐蒂在這個層次上特別強調視覺的重要。）…… meta ta physika ……是追索存在物以外所謂超越視境的學問……（形上學真義不是超越 physis），而是「存在物本身的呈露。」（一四——一八頁）

㈡所謂 alitheia（「真理」）是指事物由隱到顯的現出而自成世界的現象。（六〇頁）

㈢所謂 idea（觀念、理念）的原字 eidos，不是抽象的東西，而是物象的貌。（六〇頁）

海德格這番重新認識了解原有根據地的做法，把西方概念的累贅欲一掃而清。這個做法使我們想起郭象為老子莊子某些一度被人疑誤的名詞重新解釋，為六朝以後打開一個美學的新局面的情形很相似。老莊對真世界的看法原已很通明，自然沒有西方概念的累贅，本亦無需作任何重新說明的必要。但由於語言經過時間的污染，有幾個用語曾引起異於老莊原意的猜測，如「道」、「天」、「神人」諸語，究竟有沒有形而上的含義。「道」所指萬物自然自動自化自真，當然沒有形而上的含義，但在「常道」與「非常道」之間有時不免令人猶疑。但郭象的注直截了當的一口咬定了「上知造物無物，下知有物自造」(《莊子集釋·序》)，又說:「無既無矣，則不能生有，有之未生，又不能為生，然則生生者誰哉，塊然自生耳」(五〇頁)。這個肯定使中國的運思與表達心態，完全不為形而上的問題所困惑，所以能物物無礙、事事無礙的任物自由湧現。郭又說，「天，萬物的總名」(二〇頁、五〇頁)，「聖人」、「物得性之名耳」(二二頁)，「神人」，「今之聖人也」(二八頁)。把環繞著這幾個名詞的神秘氣氛一掃而清。

要消除玄學的累贅、概念的累贅也可以說是海德格哲學最用力的地方。像道家的返璞歸真，海德格對原真事物的重認，使得美學有了一個新的開始。詩人可以不沉迷於「真」的「概念」和「假設」，而與原真的事物直接地交通。所以他在《詩、語言與思想》一書裡說:

> 去「思想存在」的意思是:對「存在」出現在我們之前的魅力的應和。這應和源自這魅力同時歸回這魅力。㉗詩……呼喚事物，叫它們來……呼喚是一種邀請。請物進來，好讓它們向人們見證它們是物之為物……物如此被喚被命名後共同聚向天地人神……聚、集、群、存是物物之生……物物之生成我們稱之為世界。……物物之生而展開世界，展開世界而物以得存……物物之生而完成世界……物物之生，物完成物之為物。物物之生，物展姿——形態——成世界。(一九九-二〇〇頁)

㉗ *Poetry, Language, Thought*, trans. Albert Hofstadter (New York, 1971), p. 1830. 以下頁數以此書為據。

海德格認為物我之間，物物之間是一種互照狀態（一七九頁），是一種相交相參（二〇二頁），既合（諧和親切）仍分（獨立為物）（二〇二頁），主客可以易位。

由於肯定了原真事物為我們感應的主位，反對以人知去駕馭天然，我們發現海德格幾乎和道家說著同一的語言，尤其是後期的海德格。海德格所採取的方式顯然是不一樣的。道家用的幾乎是詩的語言，往往用詩的意象，用事件直攻我們的感官；海德格則要費很多語言去解困 (desophislication)，譬如「何謂物?」便是厚厚的一卷，反覆把先人虛造的架構用哲學的邏輯慢慢拆除。這完全是因為，在柏拉圖和他之間橫亙著二十三世紀的詭奇縛繭的關係。

如果我們說威廉斯的詩觀和創作直接受海德格的啟示，我想是錯的。在藝術上，他一面是承著馬拉梅對語言的雙重看法而來(即是在認為語言無能的同時又大大發展語言表現的潛能。在某一個層次說，威廉斯始終是個表現主義者)。他從史妲兒女士 (Gertrude Stein) 那裡得了不少打破英語串連性限指性的手法來發展馬拉梅的語言意念；另一面卻又承著休默反抽象思維的具體論和龐德反陳述反說教的寫象思想。所以他有「沒有意念，只在物中」的說法。但更重要的，我想是詹姆士和懷海德對真秩序的肯定和「經驗直奉」對美國詩人的影響，使威廉斯走向原真事物的擁抱，(至於塞尚等畫家給他的是視覺技巧多於哲學的考慮，在威廉斯的風格當然有決定性的影響的。) 當威廉斯說：「此時此地的生命是超脫時間的……一個永遠『真實』的世界」，說要體現實有，「不依存象徵」，主張「用沒有先入為主的觀念沒有隨後追加的觀念、強烈的感應方式去觀事物」㉘，

㉘ 按次，Williams, *Paterson* (New York, 1946), Pt. I, p. 6; *Selected Essays*

我們覺得，他用他自己的方式，通過他特有的路條，基本上掌握了即物即真的觀物態度與程序。所以當米勒 (Hillis Miller) 用了現象哲學的起點去分析威廉斯的詩時，很適切地顯露了相當多的迴響。我將有另文討論到威廉斯的詩。在此，我只想把米勒氏的一些重點重述，作為本文整個題旨的另一層印證。米勒拈出了威廉斯幾個很重要的觀點㉙：

一、威廉斯決定信賴存在本身，「使得一切都溶匯為一體，而同時它們成為我的一部分」。

二、「為什麼要談『我』……那幾乎完全不使我發生興趣的一部分。」

三、世界與意識是認同的，「它不可能是別的，只能互相異通」。

把存在視為感認的主位，讓自我融匯在世界裡，物我共通，打破了西方的因果律，消除主客。（當我說「我」的時候，「我」亦是「你」，參證「是亦彼也，彼亦是也。」）推翻笛卡兒式的自我（笛氏認為：世界由我的意識決定。）設法「與世界共同出現」，因為事物在我們命名前便已成立，自有它們本身的真實性，不用別人證實。威廉斯希望達到一個「沒有文字的／世界／沒有人的個性。」他要去卻我。（參證無言無我。）

這裡所提出的觀點，與道家和海德格的迴響是毫無疑問的；但這並不暗示他們的整個世界觀完全一樣。事實上，威廉斯雖

(New York, 1954), pp. 196, 213; *Selected Essays*, p. 5.

㉙ 見 J. Hillis Miller, *Poets of Reality* (Cambridge, Mass., 1966), Chapter VII, "William Carlos Williams".

然翻譯過數首中國詩，當然也因龐德的關係看過一些中國的東西，但對道家的真正認識是不易證實的。同樣，海德格後期曾看過一些《老子》，但對道家的整體，顯然也是沒有做過什麼研究的。就是因為這樣，反而應該使我們對這個意識狀態的生成重視。我們了解到文化一方面是擴大了我們的傳達網，而另一方面卻製造了隔閡與疏離，製造了思想的桎梏，使傳達受損。而在兩重文化相隔二十三世紀的時空，兩個不同的哲學家竟然發出了相同的問題、追尋同一個物我通明的關係。這為我們顯示了什麼？顯示了重獲真實世界的一個可能的據點。

我們在本文之初提出了威廉斯的一句話：「要一句『新』的詩出現，還得依賴一種『新』的思想生成。」這句話倒過來說也是同樣的重要：「要一個『新』的思想生成，還得依賴一句『新』的詩出現。」在西方，語言要有適度的調整，才可以突破它的圍牆，才可以重新擁抱真實世界。在中國，當我們了解到西方的工具式的理性和科學的減縮主義對語言、思想的損害，我們在此時此地應該怎樣去發揮物我通明的關係，作為避免重覆西方語言和思想危機的指標呢？這，正是我們最需要冥思的。

一九八二年春

中國古典詩和英美詩中山水美感意識的演變❶

一

赫洛德・布龍 (Harold Bloom) 在一九六九年的一篇文章裡說:「浪漫主義的自然詩……是一種反自然的詩，甚至在華茲華斯的詩裡，他所求取和自然的互相交往交談，也只在一些偶然的瞬刻中發生。」❷這段話必然使得不少愛好自然詩的讀者困惑，因為多少年來，他們一直認為華氏是英國自然詩的大師。說真的，數十年來，華氏常被比作陶潛，比作謝靈運。而他們被拿來相比也並非無因的，其一，他們以自然山水景物做他們詩中的主要素材；其二，他們美學的觀注集中在這些景物上；其三，他們都有「復歸自然」之說；其四，在某些結構上他們極其相似，譬如華氏謝氏之應用了「遊覽」作為呈現景物的過

❶ 本文的初樣曾在臺灣大學演講，並曾登在《中外文學》三卷七期八期（一九七四－一九七五），但演講稿只是本文五分之二，且未經全盤的處理，當時亦有所聲明。本文的英文稿發表於 *Comparative Literature Studies*, Vol. XV, No. 2, June 1978，是我重寫時的依據，由於讀者對象不同，亦有增減。文中老莊部分注解，《老子》按章，《莊子》（包括郭象注）按郭慶藩編《莊子集釋》（臺北：河洛，一九七四）。華茲華斯部分按標準本 E. de Selincourt, *The Poetical Works of William Wordsworth* (Clarendon Press, 1940–1949) 5 Vols. 簡為 *PW*；《序曲》(*The Prelude*) 則按 J. C. Maxwell 編的 Parallel Text (Penguin, 1971)。

❷ “The Internalization of Quest-Romance”，見 *Romanticism and Consciousness*, edited by Harold Bloom (New York, 1970), p. 9.

程和手段。（謝氏的詩在《昭明文選》中先被類分為「遊覽詩」的。）我們甚至敢說，M.H. 艾伯林斯 (Abrams) 所描述的「浪漫抒情長詩」(Greater Romantic Lyric)，其中部分的應物程序可以應用到謝詩，兩種詩均以山水景物起，以情悟結。（但「浪漫抒情長詩」中間常有的「承受了一種悲劇的損失而作了某種道德的決定或解決了某種情感的困難」則「幾乎」完全不會在謝詩出現。）❸

雖然兩種詩有以上的相類點，很多中西山水詩的比較研究結果都趨於表面化而不見落實。試細心從兩個文化根源的模子觀察，從它們二者在歷史中衍生態和美學結構活動兩方面的比較和對比，我們便會發現相當重要的根本的歧異，不但在文類的概念上不同，在整個觀物應物表現的程序上都有特出的分別。中國詩人意識中「即物即真」所引發的「文類」的可能性及其應物表現的形式幾乎是英國自然詩人無法緣接的。要了解自然山水詩發展的投射及弧線，我們必要從兩個傳統山水美感意識歷史的演變出發。

首先，我們必須了解，不是所有具有山水的描寫的便是山水詩。詩中的山水（或山水自然景物的應用）和山水詩是有別的。譬如荷馬史詩裡大幅山川的描寫，《詩經》中的溱洧，楚辭中的草木，賦中的上林，或羅馬帝國時期敘事詩中的大幅自然景物的排敘❹，都是用自然山水景物作為其他題旨（歷史事件，

---

❸ 見其 "Structure and Style in the Greater Romantic Lyric"，收入 Bloom 書 p. 201。

❹ 譬如羅馬帝國時期的 Tiberianus 下面這首詩：

> 一條河流穿過田野，繞過騰空的山谷瀉下
> 在花樹參差點綴的發亮的石卵間微笑
> 深色的月桂在桃金孃的綠叢上拂動

人類活動行為）的背景；山水景物在這些詩中只居次要的位置，是一種襯托的作用；就是說，它們還沒成為美感觀照的主位對象。我們稱某一首詩為山水詩，是因為山水解脫其襯托的次要的作用而成為詩中美學的主位對象，本樣自存。是因為我們接受其作為物象之自然已然及自身具足。在中國，這個觀物的態度是如何產生的？英美詩人有沒有發展同樣的觀物態度？如果有，到什麼程度？其接受外物的程度（有條件或無條件的肯定其本然狀態）又如何影響詩人應物寫物（特別是對山水）的

依著微風的撫觸和細語輕輕的搖曳
下面是茸茸的綠草，披帶著一身的花朵
閃爍的白合在地上的番紅花泛紅
林中洋溢著紫羅蘭浮動的香氣
在春日這些獎賞中，在珠玉的花冠間
亮起眾香之后，最柔色的星
狄安妮的金焰，啊萬花無敵的玫瑰
凝露的樹木從欣欣的茵草中升起
遠近小川從山泉吟唱而下
岩穴的內層結著蘚苔和藤絲
柔柔的水流帶晶光的點滴滑動
在陰影裡每一隻鳥，悠揚動聽
高唱春之頌歌，低吟甜蜜的小調
碎嘴的河吟哦地和著簌簌的葉子
當輕快的西風把它們律動為歌
給那穿行過香氣和歌聲的灌木的遊人
雀鳥、河流、颸風、林木、花影帶來了神蕩

從一個較廣的角度來說，這似乎應該稱為山水詩，但了解西方中世紀修辭學的歷史的，便知道這是由當時的一種推理演繹的法則轉用到描寫自然的一種修辭的練習，是根據修辭法則去組合山水，而非由感情溶入山水的和諧以後的意識出發，和下文所了解的山水詩有相當大的距離。

程序?

＊

禪宗《傳燈錄》有一相當出名的公案:

> 老僧三十年前參禪時，見山是山，見水是水。
> 及至後來親見知識，有箇入處，見山不是山，見水不是水。
> 而今得箇休歇處，依然是見山只是山，見水只是水。

我們試以上面一段話代表我們感應或感悟外物的三個階段，第一個「見山是山，見水是水」，可比作用稚心，素樸之心或未進入認識論的哲學思維之前的無智的心去感應山水，稚心素心不涉語（至少不涉刻意的知性的語言），故與自然萬物共存而不洩於詩，若洩於詩，如初民之詩，萬物具體自然的呈現，未有厚此薄彼之別。但，當我們刻意用語言來表達我們的感應時，我們便進入了第二個階段:「見山不是山，見水不是水」，由無智的素心進入認識論的哲學思維去感應山水，這個活動是慢慢離開新鮮直抒的山水而移入概念世界裡去尋求意義和聯繫。第三個階段「依然見山只是山，見水只是水」可以說是對自然現象「即物即真」的感悟，對山水自然自主的原始存在作無條件的認可，這個信念同時要我們摒棄語言和心智活動而歸回本樣的物象。照講，第一個階段（我們早已失去）和第三個階段（我們或可再得）因為不涉語不涉心智（或摒棄語言和心智活動）是不可能有詩的，無語不成詩。在這兩個階段裡要求的是實際的歷驗而非表現。然而，在第三個感應方式影響下的運思和表現和第二個感應方式影響下的運思和表現是有著很微妙的差別的。為討論上的方便，我們可以用哲學上兩個用語來分辨說明。一者為 Noesis，按照現象哲學家胡塞爾 (Husserl) 的說法，是我們看物 (Noema) 的種種方式。我們可以直看一棵樹，想像一棵樹，夢想一棵樹，哲理化一棵樹，但樹之為樹本身 (Noema) 不變。以上看樹的種種公式是 Noetic（知性、理性）的活動，屬於心智的行為，其成果或成品是心智的成品，而非自然的成品，如果詩人從第二個階段出發，所謂 Noetic 的活動，去呈現山水，他會經常設法說明、澄清物我的關係及意義；如果我們從第三階段出發，所謂 Noematic 的覺認，「物原如此」的意義和關係玲瓏透明，無需說明，其呈現的方式會牽涉極少 Noetic 的活動。

茲先以中國後期山水詩人王維的〈鳥鳴澗〉（形成期的山水詩下面會論到）和英國的華茲華斯 (1770–1850) 的〈汀潭寺〉(Tintern Abbey) 作一粗略比較。王維的詩很短，只四行：

人閒桂花落
夜靜春山空
月出驚山鳥
時鳴春澗中

華氏的〈汀潭寺〉很長，一六二行，我們先譯錄頭二十二行：

五年已經過去；五個夏天
五個長的冬季！我再次聽到
這些流水，自山泉瀉下
帶著柔和的內陸的潺潺，我再次

看到這些高矗巍峨的懸岩
在荒野隱幽的景色中感印
更深的隱幽的思想，而把
風景接連天空的寂靜
終於今日我再能夠休憩
在此黑梧桐下面，觀看
農舍的田地和菓園的叢樹
在這個季節裡，未熟的菓實
衣著一片的青綠，隱沒於
叢林矮樹間。我再次看到
這些樹籬，錯不成籬的，一線線
嬉戲的林子野放起來；這些牧場
一路綠到門前；圈圈縷煙
自樹木上靜靜的升起
若隱若現的不定，好比
浪游的過客在無房舍的林中
或好比隱士的岩穴，在爐火旁邊
隱士一個人獨坐著。(*PW*, II, 259)

跟著的一百四十行是詩人追記自然山水「這些美的形象」「如何」給與他「甜蜜的感受」和寧靜的心境，「如何」在景物中感到崇高的思想融和著雄渾，智心和景物是「如何」活潑潑的交往，而他「如何」依歸自然事物，觀照自然事物，自然「如何」使他「最純潔的思想得以下碇」；自然是他整個道德存在和靈魂的「保姆、導師、家長。」

華氏在另一首長詩〈序曲〉(The Prelude) 裡曾說：

可見的景象
會不知不覺的進入他腦中
以其全然莊嚴的意象(*The Prelude*, V, 384–386, p. 191)

但真正做到這句話的體現的是王維而不是華茲華斯。華氏詩中用的解說性、演繹性和「景物不知不覺的進入他腦中」的觀物理想相違。他全詩的四分之三,都在「說明」外物「如何」影響智心,或「說明」智心「如何」和外物交往感印,「如何」與自然互相補充。〈汀潭寺〉的頭二十二行,如果獨立存在的話,確近乎自然山水不經解說的呈現,其間甚至用了一種毫無條件的愛和信念、不假思索的語態去肯定景物的存在,景物的出現也有某程度的自然直抒:「這些」流水⋯⋯「這些」懸岩⋯⋯「這些」樹籬❺。在他承接景物的直抒時,甚至有近似王維的入神狀態,近乎道家之所謂「虛以待物」,華氏之所謂 Wise Passiveness❻。但華氏之所謂 Wise Passiveness(保持一種聰悟的被動)這句名言,和同時提出的另一句重要的話 We murder to dissect(意是分解了便不得全,是謀殺)❼,他的詩中始終未能實實在在的履行這兩句話的含義,他亦未體現華氏論者哈特曼 (Geoffrey Hartman) 所說的「認識與感悟已化合為一」❽。事實上對華氏來說,自然山水本身不足以構成他詩中的美學的主位對象。這一點,在他的詩〈行旅〉(The Excursion) 的前言和長詩〈序曲〉(The Prelude) 中有明確的說明,他重覆地強調

❺ Geoffrey Hartman, *The Unmediated Vision* (New York, 1966), p. 4.

❻ "Table Turned",一詩(*PW*, VI, 57)。

❼ 同前。

❽ Hartman, p. 23.

智心是意義的製作者和調停者。「無法賦給（意義）的智心／將無法感應外物。」（*PW*, II, 35）❾從這個角度出發的感物程序——其間演繹的進展和探索的思維的繁複性必須留到本文的後半部細論。在此，我們可以說王維和華氏的應物表達程序是相當的不同的。簡單的說，王維的詩，景物自然興發與演出，作者不以主觀的情緒或知性的邏輯介入去擾亂眼前景物內在生命的生長與變化的姿態；景物直現讀者目前，但華氏的詩中，景物的具體性漸因作者介入的調停和辯解而喪失其直接性。

但這兩種觀物示物的方式，像其他的美學態度一樣，不是隔夜生成的，我們必須從二者各自的傳統中探求它們衍生的歷史。在此，我們應該問：

> 山水景物的物理存在，無需詩人注入情感和意義，便可以表達它們自己嗎？山水景物能否以其原始的本樣，不牽涉概念世界而直接的佔有我們？

這不僅是研究山水詩最中心的課題，而且是近代現象哲學裡（如海德格）的中心課題。這一部分的討論，我有另文處理。對於上面的問題，如果詩人的答案是肯定的，他必然設法把現象中的景物從其表面上看似淩亂互不相關的存在中解放出來，使它們原始的新鮮感和物性原原本本的呈現，讓它們「物各自然」的共存於萬象中，詩人溶匯物象，作凝神的注視、認可、接受甚至化入物象，使它們毫無阻礙地躍現。顯然，這一個運思、表達的方式在中國後期山水詩中佔著極其核心的位置，如王維、

❾ 亦見 Donald Wesling, *Wordsworth and the Adequacy of Landscape* (New York, 1970).

孟浩然、韋應物、柳宗元，雖然我們並不能說全部的中國山水詩都做到這個純然的境界，但我們從下面幾句膾炙人口的批評用語便可見其在中國思想與詩中的重要性，由莊子的「道無所不在」，經晉宋間的「山水是道」（孫焯），到宋朝的「目擊道存」（宋人襲用《莊子》而成的批評術語）及至理學家邵雍由《老子》引發出來的「以物觀物」，無一不是中國傳統生活、思想、藝術風範的反映❿。

大家或許會說，中國古人向來是敬仰熱愛山水的靈秀的，曾比之為仁者智者⓫，不錯，這個看法甚至可以在後期的詩裡找到佐證，譬如杜甫〈望嶽〉裡的岱宗，「造化鍾神秀」便是。

但山水在古代詩歌裡，如《詩經》、楚辭及賦仍是做著其他題旨的背景，其能在詩中由襯托的地位騰升為主位的美感觀照對象，則猶待魏晉至宋間文化急劇的變化始發生，當時的變化，包括了文士對漢儒僵死的名教的反抗（如竹林七士所為，又如嵇康〈與山巨源書〉裡對儒家禮節的厭惡），道家的中興和隨之而起的清談之風，無數知識分子為追求與自然合一的隱逸與遊仙，佛教透過了道家哲學的詮釋的盛行和宋時盛傳佛影在山石上顯現的故事——這些變化直接間接引發了山水意識的興起。關於以上的歷史變化，不少學者曾有細密的研究⓬，但對於這

---

❿ 見孫焯〈遊天台山賦〉；「目擊道存」源出於《莊子》的〈田子方〉，宋人襲用情形可見郭紹虞《滄浪詩話校釋》（香港，一九六一）二九一三四頁。

⓫ 《論語》六：一二。

⓬ 英文論著有 Richard Mather, “The Landscape Buddhism of Fifth Century Poet Hsieh Ling-Yun”, *Journal of Asian Studies*, 17, No. 1 (1958), 67–79; J. D. Frodsham, *The Murmuring Stream* (Kuala Lumpur, 1967)，見其 “The Poetic Tradition” 章 pp. 86–109。有關道

些變化所引起的美學態度的衍變，則仍乏討論。

在此，我們注意到，其間最核心的原動力是道家哲學的中興。在當時，王弼注的《老子》，郭象注的《南華真經》，都是清談的中心題旨，尤其是郭注的《莊子》，影響最大，其觀點直透蘭亭詩人，達於謝靈運，及與蘭亭詩人過從甚密的僧人支遁，（《世說新語》所描寫的支遁簡直是一個純粹的道家主義者，支遁亦曾注老莊，其影響後來佛義的詮釋頗大，此從略。）郭象注的《南華真經》不僅使莊子的現象哲理成為中世紀的思維的經緯，而且經過其通透的詮釋，給創作者提供了新的起點。

道家的哲學首先拒絕把人為的假定視作宇宙的必然。許多人用抽象的概念來劃分界定原是渾然不分整體的宇宙現象，他們把這種刻意的知性得出來的結構視作宇宙現象秩序最終的了解和依據。道家認為這都是假象，因為這些人為的假定是以偏概全，是把渾然的整體分化了、簡化了，甚至將其原樣歪曲，所以莊子的哲學一開始便對人為的假定和概念化作無情的攻擊：

> 古之人，其知有所至矣。惡乎至？有以為未始有物者，至矣，盡矣，不可以加矣。其次以為有物矣，而未始有封（辨別）也。其次以為有封焉，而未始有是非也，是非之彰也，道之所虧也。（《莊子集釋》七四頁）

家和佛教的融合，包括有關支遁部分，除了湯用彤的著作外，請參看 E. Zürcher, *The Buddhist Conquest of China*, 2 Vols. (Leiden, 1959)；對於當時的思想變動，最重要的是王瑤的三冊《中古文學思想》《中古文人生活》《中古文學風貌》，其次林庚、曹道衡、葉笑雪、林文月的著作都有闡明的作用，日文材料可見小尾郊一的《中國文學に現はた自然と自然觀》。

人為的分類理不出天機，要保存完整、具體、表裡貫通的宇宙現象，我們必須要把物象的本樣復原，而了解：「鳧脛雖短，續之則憂；鶴脛雖長，斷之則悲。」（《莊子集釋》三一七頁）物各具其性，各得其所，我們怎應把此物視為主，彼物視為賓呢？我們人類（萬物之一種）有什麼權利去把現象界的事物分等級？我們怎可以以「我」的觀點硬加在別人的身上作為正確的觀點，唯一正確的觀點呢？白雲自白雲，青山自青山，白雲不能說：青山你怎麼是青的呢？青山不能說：白雲你怎麼是白的呢？用郭象的注來說：「物各自然，不知所以然而然，則形雖彌異，其然彌同。」（《莊子集釋》五五頁）「我既不能生物，物亦不能生我，則我自然矣，自己而然，則謂之天然，天然耳，非為也，故以天言之……故天者，萬物之總名也，莫適為天，誰主役物乎？故物各自生而無所出焉，此天道也。」（《莊子集釋》五〇頁）是故莊子所說的「天籟」，不是一種脫離宇宙現象的神秘無形的東西，而是萬物「物各自然」的自由興作。郭象此節的注最能代表當時對莊子的看法，亦最得當時詩人的心：

> 籟，簫也。夫簫管參差，宮商異律，故有短長高下萬殊之聲。聲雖萬殊，而所稟之度一也。然則優劣無所錯其間矣。況之風物，異音同是，而咸自取焉，則天地之籟見矣。……夫聲之宮商雖千變萬化，唱和大小，莫不稱其所受而各當其分。（《莊子集釋》四五、四八頁）

齊物順性可以保持天機的完整，所以山水詩發軔時的王羲之和其他的蘭亭詩人都能夠說：

仰視碧天際　　　俯瞰淥水濱
寥閴無涯觀　　　寓目理自陳
大矣造化工　　　萬殊莫不均
群籟雖參差　　　適我無非新

——王羲之〈蘭亭詩〉

這首詩可以說是郭注「天籟」和「吹萬不同」的轉述。山水自然之值得瀏覽，可以直觀，是因為「目擊而道存」(「寓目理自陳」)，是因為「萬殊莫不均」，因為山水自然即天理，即完整。

郭象對道家思想中興的最大貢獻，是肯定和澄清了莊子「道無所不在」，道是「自本自根」的觀念。究竟「道」「天」「神人」諸語含有多少形而上的意義呢？在《莊子》本書中，由於用了許多寓言來提示「道」這個觀念，讀者一時尚不敢斷言其無形而上的可能，雖然莊子反覆的指向物的原性為依歸。但郭注直截了當的一口咬定了「上知造物無物，下知有物之自造」(《莊子集釋》，郭序)，又說：「無既無矣，則不能生有，有之未生，又不能為生，然則生生者誰哉，塊然自生耳」。(《莊子集釋》五〇頁) 這個肯定使中國的運思和表達心態，完全不為形而上的問題而困惑，所以能物物無礙，事事無礙的任物自由興現。郭注同時把環繞著「天」「神人」「聖人」的神秘氣氛一掃而清，而稱「天」為萬物的總名 (《莊子集釋》二〇頁，五〇頁)，稱「聖人」為「物得性之名耳」(《莊子集釋》二二頁)，而「神人」即「今之聖人也」。(《莊子集釋》二八頁) 因此我們敢說禪宗裡的禪機和公案，如前所引的「見山是山」及雲門文偃禪師語錄中的問答：「如何是佛法大意」「春來草自青」，都可以說得力於郭注所開拓的境界。

現代批評家呂恰慈 (I. A. Richards) 曾把隱喻 (Metaphor) 的結構分為 Vehicle 與 Tenor 兩部分，即朱自清所謂的喻依和喻旨。喻依者，所呈物象也；喻旨者，物象所指向的概念與意義。莊子和郭象所開拓出來的「山水即天理」，使得喻依和喻旨融合為一：喻依即喻旨，或喻依含喻旨，即物即意即真，所以很多的中國詩是不依賴隱喻不借重象徵而求物象原樣興現的，由於喻依喻旨的不分，所以也無需人的知性的介入去調停。是故莊子提供了「心齋」「坐忘」「喪我」，以求虛（除去知性的干擾）以待物，若止水全然接受和呈示萬物具體、自由，同時併發而相互諧和的興現，亦即是郭象所說的「萬物歸懷」(《莊子集釋》一三六頁)，要得物之天然自然的律動，首先要還物本身的自由表現的活動與興現，詩人要溶入自然萬象刻刻的變化中而化而為一，郭象說：

> 聖人遊於變化之塗，放於日新之流，萬物萬化，亦與之萬化，化者無極，亦與之無極。(《莊子集釋》二四六頁)

隨萬物自由的出現與變化可以進入無極，是蘭亭詩人及謝靈運等山水詩人承著郭象之說而供出的「依存實有」的一種永恆觀念，而無需如西方詩人一樣，著著掙扎要符合一些由抽象概念界定的永恆的形式。

但道家任物無礙的興現這個觀點，從另一個角度來看，可以說是反語言反表現的。因為宇宙現象（自然自足）和語言（人為的媒介）之間，詩人必須要參與調停始可成詩，不涉語，依存實有可以在生活裡實踐（如禪宗的砍柴打水），但詩不能脫離語言而存在，是故，山水詩發軔之初，如上面王羲之那首〈蘭亭詩〉便未脫離「物各自然」的思考的痕跡，喻依和喻旨仍然是分開的，雖然喻旨最後回指喻依本身為依據。

事實上，在那個時期的山水詩，「山水如何自成天理」的考慮是隱伏在詩人的意識中的，試舉謝靈運的〈於南山往北山經湖中瞻眺〉一詩為例：

朝旦發陽崖　　景落憩陰峰
舍舟眺迴渚　　停策倚茂松
側逕既窈窕　　環洲亦玲瓏
俛視喬木杪　　仰聆大壑灇
石橫水分流　　林密蹊絕蹤
解作竟何感　　升長皆丰容
初篁苞綠籜　　新蒲含紫茸
海鷗戲春岸　　天雞弄和風
撫化心無厭　　覽物眷彌重
不惜去人遠　　但恨莫與同
孤游非情歎　　賞廢理誰通

詩人目擊耳聞山水景物的顯現和活動，可謂「仰觀宇宙之大，俯察品類之盛」而覺「萬物萬情」，但詩人仍不能不問「這些活動的含義是什麼」？故有「解作竟何感」之問，其答案是：自然活動在「解作」的律動裡，「升長皆丰容」，而初篁、新蒲、海鷗、天雞各依其性各當其分的發揮其生機活力，由此觀之，則「撫化（郭象所謂萬物萬化之塗也）心無厭」，可見此詩仍未脫解說的痕跡。但此詩的解說方式是獨特的，頗近後來公案的禪機。試把雲門文偃的對話相比較：

問：如何是佛法大意？
答：春來草自青。

謝詩：

解作竟何感　　升長皆丰容
初篁苞綠籜　　新蒲含紫茸
海鷗戲春岸　　天雞弄和風

再看王維的：

君問窮通理　　漁歌入浦深

是一脈相連的以實景代替說明的一種表現。由於喻依（自然山水的律動）本身已含著喻旨，所以謝詩最後幾句有關悟理情歎的部分可以說是一種附帶的說明，詩的核心意識仍然是山水本身的呈現。由於山水從萬象中的興現足以表現天理，所以由第三、四世紀謝靈運、謝朓、鮑照至沈約、王融到唐人的詩，其最後的說明性部分越來越失去其重要性而被剔除。既已認可山水自身具足，便無需多費辯詞。日人網祐次在其《中國中世紀文學研究》(東京，一九六〇年）一書中曾就山水詩中的寫景和陳述句子的比例作了一項有趣的統計，而歸納出陳述部分的漸次減除而達於純然的傾出，試抽樣舉例：

作　者	詩	寫景行數	陳述行數
湛方生	帆入南湖	4	6

謝靈運	於南山往北山……	16	6
鮑　照	登廬山	16	4
謝　朓	遊東田	8	2
	望三湖	6	2
沈　約	游鍾山詩第二首	全景	
范　雲	之零陵郡次新亭	全景	
王　融	江皐曲	全景	
孔稚珪	游太平山	全景	
吳　均	山中雜詩	全景	

詩人對萬物自由興發的肯定後，跟著便產生了他對從宇宙現象裡活潑潑地湧現的山水作凝注，詩人使語言儘量的點逗其湧現時的氣韻，其自渾沌中躍出時的跡線和紋理，捕捉其新鮮的面貌，如鮑照的「洞澗窺地脈，聳樹隱天經」(〈登廬山〉)，又如謝靈運所開拓出來近乎山水畫的清（白雲抱幽石，綠篠媚清漣——〈過始甯墅〉)，幽（連巖覺路塞，密竹使逕迷——〈登石門最高頂〉)，明（密林含餘清，遠峰隱半規——〈遊南亭〉)及快（雲日相輝映，空水共澄鮮——〈登江中孤嶼〉)；又如謝朓的「江際識歸舟，雲中辨烟木（一作樹)」的遠，「魚戲新荷動，鳥散餘花落」的靜中之動，王籍「鳥鳴山更幽」的音中之寂、寂中之音。所謂「神趣」，就是物象中這種氣韻律動的捕捉，這種表現方法固開後期山水詩人如王維、孟浩然、韋應物、柳宗元和南宋畫家之先河，其對六朝後期的對山水有「愛」而不盡有「悟」的詩人，亦有相當的啟示，就以王融的〈江皐曲〉為例：

林斷山更續　　　洲盡江復開

雲峰帝鄉起　　　　水源桐柏來

此詩雖略嫌表面化，但山水呈現層次的律動，我們應物的實感，明快直接，任我們移入其間無礙地遨遊。

王維的詩大多以視覺明徹層次色澤分明為著：

江流天地外　　　　山色有無中
——〈漢江臨汎〉
白雲迴望合　　　　青靄入看無
——〈終南山〉
大漠孤烟直　　　　長河落日圓
——〈使至塞上〉

中國的山水詩人要以自然自身構作的方式構作自然，以自然自身呈現的方式呈現自然，首先，必須剔除他刻意經營用心思索的自我——即道家所謂「心齋」「坐忘」和「喪我」——來對物象作凝神的注視，不是從詩人的觀點看，而是「以物觀物」，不滲與知性的侵擾。這種凝注無疑是極似神秘主義者所稱的出神狀態：

空山不見人　　　　但聞人語響
——〈鹿柴〉
人閒桂花落　　　　夜靜春山空
月出驚山鳥　　　　時鳴春澗中
——〈鳥鳴澗〉
木末芙蓉花　　　　山中發紅萼

澗戶寂無人　　　紛紛開且落

——〈辛夷塢〉

在這種意識狀態中，郭象認為可以「萬物歸懷」，其原因之一，是脫離了種種思想的累贅以後，詩人彷彿具有另一種聽覺，另一種視覺（讀者因而亦襲染了的聽覺視覺）；聽到他平常聽不到的聲音，看到他平常不覺察的活動。因而陸機說：「課虛無而責有，叩寂寞以求音。」因而，司空圖說：「素處以默，妙機其微。」

王維和一些他的同輩詩人中，寂、空、靜、虛的境特別多，我們聽到的聲音往往來自「大寂」，來自語言世界以外「無言獨化」的萬物萬象中。在這種詩中，靜中之動，動中之靜，寂中之音，音中之寂，虛中之實，實中之虛……原是天理的律動，所以無需演繹，無需費詞，每一物象展露出其原有的時空的關係，明徹如畫，王維、柳宗元承著兩謝的清、幽、明、快、靜、動、遠、近而直逗物象最鮮明的興現，如柳宗元的名詩〈江雪〉便是：

千山鳥飛絕　　　萬徑人蹤滅
孤舟簑笠翁　　　獨釣寒江雪

同樣的，日本的芭蕉用語言來跡出靜中之動，寂中之音，亦是直追王維等人而來的，如

古池や蛙飛で込む水の音

或者任無聲的世界彩色鮮明的現出：

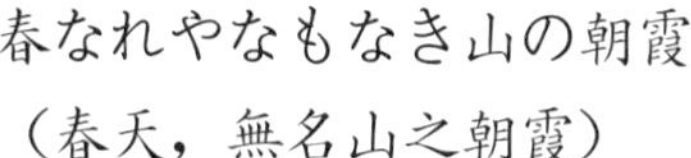
春なれやなもなき山の朝霞

（春天，無名山之朝霞）

道家由重天機而推出忘我及對自我能駕馭自然這種知性行為的批判，在中國詩中開出了一種可謂「不調停」的調停的觀物感應形態，其結果，由演繹性、分析性及說明性的語態的不斷遞減而達致一種極少知性干擾的純山水詩，接近了自然天然的美學理想。

二

現在我們回到前面提出的問題來：

> 山水景物的物理存在本身，無需詩人注入情感和意義，便可以表達它們自己嗎?山水景物能否以其原始的本樣，不牽涉概念世界而直接的佔有我們?

這個問題，西方的詩人作了何種解答？我們記得華茲華斯說過：「無法賦給（意義）的智心／將無法感應外物。」他進一步說：

> 物象的影響力的來源，並非來自固有的物性，亦非其本身之所以然，而是來自與外物相交往受外物所感染的智心所賦出的。所以詩……應該由人的靈魂出發，將其創造力傳達給外在世界的意象。(*Letters*, 1811–1820, p. 705) ⓭

⓭ 指 E. de Selincourt 編的 *The Letters of William and Dorothy Wordsworth* (Oxford, 1937)。

參照其〈行旅〉詩的結尾的論旨:「個人的智心如何精巧地配合外在世界……外在世界——這個很少人注意的題旨——如何精巧地配合智心。」(*PW*, V. 5) 我們請再看其長篇大論的長詩〈序曲〉裡的一段話:

我們可以教他們……
教他們:人的智心如何變得
比他們所住的大地萬般的美麗
在事物的構架上……
在令人狂喜的美之中,好比它本身
是更神聖的實質更神聖的經緯。(*The Prelude*, p. 537)

雖然華氏有一次曾強調要像畫家凝視模特兒凝視風景那樣凝視他的主題,但他卻把美感的主位放在詩人的智心中,華氏以智心的活動而不以山水景物自足的存在為依歸,是顯而易見的,沒有穿越思想便無法獲得自然。用哈特曼的話來說:「詩中人與他的影子——也可說自己和自己——作著某種對峙……華氏找不到他的主題,因為他已經擁有了主題,那便是他自己。」⓮自然或山水是「供給」他智心探索的主題,是他用以認可其智心發展的場地;山水對他,作為美感觀照的對象,頂多是,在他用認識論去尋求的超越時,幫他流露他「想像」的偉力。因而這個追尋過程反映了一系列的探索性的修辭用語。衛思靈(Donald Wesling) 論華氏的〈汀潭寺〉時說:

在〈汀潭寺〉一詩裡,那種彷彿不定的探索思維穿過知

⓮ "Romanticism and Anti-Self-Consciousness" 見 Bloom 書 pp. 51, 53。

性的活動而使詩開頭的山水景物的描寫加深……華氏的特色是：山水與一連串的概念程序是分割不開來的。⓯

如此，我們不免要問：華氏的詩和中國的山水詩還可以相提並論嗎？如果我們純用中國的山水詩文類的尺度來看，自然是有困難的。但華氏的詩是由山水作為一種觀照的對象出發的，著迷、熱愛，甚至會令讀者對山水景物作凝神的注意，甚至有許多瞬間任山水佔有，華氏所謂「篡奪的力量」（〈序曲〉V. 592）是也。譬如〈序曲〉裡這樣一個瞬間：

——常常
在黃昏，當早出的星辰
依山的邊沿移動，
升起又沉落，〔他〕會獨立
群樹之下，或是閃爍的湖邊
……他，像一件樂器
向靜寂的夜梟學叫
好讓牠們回應他，穿過
水漾的山谷回叫過來
……一段長久的
靜止，使他完全技窮
有時在他沉寂中垂
聽，一種溫和的驚愕
把山的急流的水聲帶進
他心中；或是可見的景象

⓯ Wesling, p. 23.

不知不覺的進入他腦中
以其全然莊嚴的意象：岩石
樹林，和飄盪不定的天空，
被迎接入那安穩的湖中。(*The Prelude*, V. 365–388, pp. 189, 191)

雖然段中偶有分析性的句法，但全段可以令人感到自然景物的移動，莊嚴秀麗，在詩人「意識泯滅」(When the light of sense goes out，仿似道家的「喪我」) 的瞬間突然亮起，而在此瞬間裡，喻依和喻旨的界限暫時也泯滅了，而使讀者沉入景物「篡奪的力量」中，而同時產生一種人與山水交往的超越存在神秘的和諧。

但，像華氏〈序曲〉第十四章「雪落定」(Snowden) 峰頂上的景象，詩人一時間以脫除一切「侵擾」痕跡的純風景呈現，但詩人並不能讓它純然如此，它必須要視為「自無限裡吸取滋養的／智心的標識」(*The Prelude*, p. 515)。華氏初版的寫法更加斷然：「那自無限裡吸取滋養的人／他強大智心的完整的意象……」(p. 514) 他又跟著說：

沒有想像（那豐沃的智心
絕對的偉力，洞澈的識見的
另一個名字）沒有高揚的
理智，精神的愛便無法
發揮無法存在 (p. 521)

正如佛勒・蘭德爾 (Fred Randel) 在他的〈雪萊的「解放了的普羅

米修斯」和浪漫詩中的山峰〉一文所說，浪漫主義的詩人對於用被動的態度去接受自然景物這一點一直都質疑⑯。這種質疑的不安可回溯到一三三五年，裴特勒克 (Petrarch) 在亞維儂附近的一個山頂上 Mount Ventoux 因為曾沉醉在一片純山水的景色而感到內疚，因為他記起，人的靈魂絕對應該是我們讚賞的目標，而非外物⑰。在浪漫詩人群中，辜羅律已進一步發展這個題旨而使後來的詩人（包括華氏）為此焦慮：「不知人的靈魂應該全心的沉入孤獨的雄奇呢還是應該參與社會和倫理的交感裡。」⑱

華氏對於存在於現象中的實在可感的物象 (Sensible objects really existing and felt to exist) 有相當的情感，但他無法像中國山水詩人那樣無條件的原樣接受。甚至在他長詩中偏向山水的段落裡，山水呈現的過程都細心的經過他視覺接觸的次序所指引，很明顯的向我們指示「他」「如何」接觸它們，用一種單線的行進，而不讓景物同時縱時（線）式並時（線）式 (diachronically, synchronically) 的接近我們。讓我們細心看看「雪落定」峰那段。詩人介紹了時間和氣候以後，便「開始上爬」(因涉及語法次序問題的討論，下面的翻譯儘量保持其進展程序，顧不了修辭了)。

前額彎向
地面，彷彿和一個敵人
相對峙，我喘氣登上

⑯ 未出版的論文。

⑰ 見 Marjorie Nicolson, *Mountain Gloom and Mountain Glory* (Ithaca, 1959), p. 50.

⑱ Fred Randel, p. 5.

用急急的步伐

當他到達了山頂時

看！當我仰視
月亮赤裸的掛在無雲的
天穹，而在我的腳前
安臥著一海無聲的白霧
一百個山頭把暮色的背聳起
散遍這寂然的海洋，然後，再過去
在更遠的那邊，固體的靄氣展開…… (*The Prelude*, pp. 511, 513)

詩中一連串的定向指標如「開始上爬」「喘氣登上」「看」「仰視」「腳前」「然後，再過去，在更遠的那邊」和西方傳統畫中單向的透視是很相像的，這些直線追尋的定向指標決定了「一定的時間」「一定的角度」。至於那句「彷彿和一個敵人相對峙」更加使得人與自然分隔，而無法讓詩人溶入物中而「以物觀物」。我們不妨再把謝靈運那首〈於南山往北山經湖中瞻眺〉一詩拿來比較，此詩的題目最似華氏的行旅的程序，但比較之下，可以看出結構之不同。林文月教授在她的〈中國山水詩的特質〉一文中曾把謝詩和他同代的詩人的結構並列而找出共同的基形，她對於本詩的頭十行的圖解可以作為我們討論的起點⓳。

⓳ 林文月〈中國山水詩的特質〉，收入她的《山水與古典》一書（臺北，一九七六），四一頁。該文曾與作者本文的初樣同時在臺大演講（一九七四年）。

圖解中的「陰、陽」是我加上去的。

朝旦發陽崖	朝	南	陽
景落憩陰峰	晚	北	陰
舍舟眺迴渚	水		陰
停策倚茂松	山		陽
側逕既窈窕	山		陽
環洲亦玲瓏	水		陰
俛視喬木杪	山	見	陽
仰聆大壑灇	水	聞	陰
石橫水分流	水		陰
林密蹊絕蹤	山		陽

對於這個結構基形的解釋之一無疑是來自對仗（見林文），但對仗的起源（在它成為純然一種修辭的技巧之前）是以自然為據的。元始的陽陰乾坤明暗等原是古人從自然運作裡觀察得來，乾坤互相補襯合作，一如父母之韻合，萬物始生而並作。如果二者對峙必會引致太和整體的破裂分離。更重要的，這個觀念使得物象的呈示同時是縱線的（當我們走向它們）和並線的（當它們走向我們）。詩人同時由此觀物又由物觀此，所以才能有上詩那種經常轉換角度的透視，而事物可以不依單線呈現的程序。像中國山水畫家用「多重透視」或「迴環透視」的方式呈示他們山的全部經驗（不同視點，不同時間，不同季節看同一個或是一組山），中國山水詩人也把山的經驗的所有瞬間作空間的佈置來呈示，如王維的〈終南山〉：

太乙近天都
連山到海隅 (遠看，仰視——瞬間一)
白雲迴望合 (從山裡走出來回到看——瞬間二)
青靄入看無 (走向山時看——瞬間三)
分野中峰變 (在最高峰時看，俯瞰——瞬間四)
陰晴眾壑殊 (同時在山前山後看，或高空俯瞰——瞬間五)
欲投人宿處
隔水問樵夫 (下山後及附近環境的呈示——瞬間六)

回看華氏的詩，著重單線推理的行進，和西方單向透視的傳統畫一樣，是自我追尋非我（宇宙現象）過程的一些手段。

當柏拉圖把宇宙現象二分，認為現象世界的具體事物刻刻變化，沒有永恆價值，將之否定而追求抽象的理想的本體理念的時候，他便已經把蘇格拉底前期、人、植物界、動物界共享一個渾然的世界和語言這個信仰完全拒絕了。在西方這是人與自然第一次的分極。當亞理斯多德為維護詩人之被逐出柏拉圖的理想國（柏拉圖說詩人只反映變化無恆的現象界，是不真，是幻影），而提出詩中「普遍的結構」「邏輯的結構」作為可以達致的「永恆的形象」，但這樣一來，仍是把人與現象分離，而認定了人是秩序的主動製作者，把無限的世界化為可以控制的有限的單元，（譬如亞理斯多德的宇宙——空氣、水、土、火構造的宇宙，土為中心，外層有一環不動的星辰，星辰以外便無世界這一個看法一直影響著西方的科學思維要到太陽系的發現才被打破。）如此便肯定人的理智命名界說圍定的世界代替了野放自然的無垠。自然之未能被希臘羅馬的作家所接受的原因之一，是因為野放的自然未符合人定（僅僅是人定的）對稱、節制與規律的整齊。待基督教義的興起，所有關於無限的概念必須皈依上帝，對山水的沉醉幾乎被視為一種罪惡，山水的逸樂，如其他的感官的逸樂一樣，會影響到人的靈魂的完成。山水自然景物因此常被用來寓意，抽象化，人格化，說教化⓴。在浪漫主義之前的英國，有一個現象對我們東方人來說幾乎是不可思議的，那便是十七世紀詩人對山的看法，山，不僅是不美的景物，它根本是一件醜的東西，更不用談靈秀了。這一個受基督教義左右的看法，Marjorie Nicolson 的 *Mountain Gloom and Mountain Glory* 一書有詳細的論述，主要是說大洪水以後在地球上出現的山，破壞了造物主的（合乎對稱、節制、整齊的）完美的東西，所以稱之為自然界的「羞恥和病」，譬如以下的描述常見於十七世紀的詩中：

那裡自然只受著污辱
地土如此的畸形，行旅者
應該說這些是自然的羞恥：
像疣腫、像瘤，這些山……㉑

到十八世紀由於朗吉那斯 (Longinus) 論《崇高雄渾》(*On the Sublime*) 一書被譯出而展開了對「龐大雄奇」的迷惑，在同時，又有旅行者對愛爾卑斯山寫下雄偉靈秀的記載，開拓了對山水對自然的偉大的讚嘆（可參閱 Nicolson 書），但對詩人而言，當華茲華斯等詩人把山水用作他們主要的美學素材時，他們有意無意間要設法為山水所能扮演的角色作「明辯」，說明它們可以

⓴ 見 Kenneth Clark, *Landscape into Art* 一書。

㉑ 見 Nicolson, p. 66。

如此存在的理由。其結果之一是：詩人將原是用以形容上帝偉大的語句轉化到自然山水來。其結果之二是：詩人常常有形而上的焦慮和不安，因為他們，像康德一樣，認為純然感受外物是不足的，真正的認識論必須包括詩人的想像進入本體世界的思索，必須掙扎由眼前的物理世界躍入（抽象的）形而上的世界。浪漫時代的詩人普遍都有這種掙扎焦慮的痕跡。黑格爾說得好：

> 當人離開了他自然原質存在之途，他便成為一個凡事刻意的個體，和自然世界分道而行。精神和自然被界定辨分……再不依其性趨而持續，卻分割以求自我完成。但這分割了的生命的立場必須重新推翻克復，精神必須自動自發地再次達成諧和……要復元則必須通過思維，只有通過思維才可完成：引起傷害的手（思維）也是治療我們的手。㉒

「要澈底地尋回根本的無垢的質樸」一直在困擾著西方現代哲學家和詩人，這個追尋中自然也包括了無法解決的衝突與矛盾。所以，克依克果 (Kierkegaard) 要求離棄抽象的系統（概念的世界），回到具體的存在；海德格要求恢復蘇格拉底以前對於物理世界 Physis 的認識，據他說，Physis 這個字，當時是「萬物湧現」的意思，超出了這個「萬物湧現」的世界是 Meta-Physis，人便脫離了原有的和諧。用十九世紀末美學家裴德 (Walter Pater) 的話來說，古典哲人以抽象的思維建立一個永久不變的模型，把原是多變的現象世界予以一次過的解決，可是經驗所

㉒ 黑格爾此說，我從哈特曼的文章裡初識，見 Bloom 書 p. 49。

顯示的，每一分鐘都不停的變動，這不停變動的每一瞬才是存在的本身，而承受了柏格森 (Bergson)「時間乃一不可分割的流動體」的哲學的美學家休默 (T. E. Hulme) 也要求詩人讓我們不斷的看見具體的事物，要直接去感應事物，把事物可觸可感地交給讀者，不要經過抽象的過程；意象派詩人如龐德和威廉斯都要求保持自然的形象的本身（龐德：「找出明徹的一面，呈現它，不要加以解說」；「剔除事物的象徵意義，事物本身就是一個自足的象徵，是一隻鷹就叫牠一隻鷹」；威廉斯：「沒有先入為主的觀念，沒有隨後追加的意念強烈地感應和觀看事物，體現實有 (a world that is always real)，不依賴象徵」）㉓——以上的美學哲學立場都是來自一個非常核心的關切問題，用現代詩人羅斯洛斯 (Kenneth Rexroth) 的話來說：「問題在我們如何可以躍過（或撇開）認識論的程序?」㉔「如何」便成為詩人們寫物象自主的詩時的一種「修辭上的明辯」過程。試舉羅氏自己的詩為例：

實有的神聖
永在那裡，可以
完全內足地獲得。㉕(“Time is the Mercy of Reality”)
季節循環，年月變換
無需人助，無需管理
月亮，無需用思

㉓ 參看本書四八－五三頁和一〇二－一一〇頁的討論。

㉔ 訪問文見 *The Contemporary Writer*, ed. Dembo & Pondrom (Wisconsin, 1972), p. 154–155。

㉕ Rexroth, *The Collected Shorter Poems* (New York, 1966), p. 248

周期地環轉，月滿，月缺，月滿[26]("Another Spring")

「無需人助，無需管理……無需用思」正是修辭上辯明的文字。在這裡，我們想起比羅氏前一期的詩人史提芬斯 (Wallace Stevens)，史氏詩中反覆的希望做到「不是關於事物的意念而是事物的本身」(他的詩題之一)，他又說要變為事物的本身，如其〈雪人〉詩中所宣說的「我們要有冬天的心／去觀看霜雪和枝椏」，他要用「無知的眼」看原有的存在現象，但在他肯定地面事物共存自足的興現時，他還是不得不用類同羅氏的修辭的辯明語態（見加圈部分）：

關於存在

一棵棕櫚樹，在心的盡頭
最後的思維之外升起
自銅色的遠處

一隻金羽鳥
在棕櫚樹裡歌唱，沒有人的意義
沒有人的感受，唱一首異國的歌

如此你便知道這不是
使我們愉快或不愉快的理由
鳥鳴唱，羽毛閃耀

棕櫚樹站在空間的邊緣上

[26] Rexroth, p. 145.

風緩緩的在樹枝間移動
鳥的火焜的羽毛搖搖墜下

史氏要一個腳踏實地的現象世界，而非超越的形而上的世界，是萬物同時湧現的、在思維以外、在本體論以外的真實世界，但他覺得（作為一個西方人）不容易「直現」這個世界，因為還有選擇與組合秩序的問題：

——這個選擇
不是互相排除的事物之間，不是
「之間」而是「其中」。他選擇去包含
互相包含的事物，那完全的，
複雜的，渾然凝聚的諧和。㉗(“Notes Toward a Supreme Fiction”)

正如黑格爾所提出的矛盾：要復元則必須通過思維，只有通過思維才可完成：引起傷害的手也是治療我們的手。史氏，像其他浪漫詩人一樣，仍受認識論哲學思維的左右，在他的〈我們氣候的詩〉裡，他毫不涉及解說地呈現了一個具體明亮的世界以後（這世界中的意象包括了清水，明亮的碗，紅白的康乃馨……），他還得說：「我們需要更多的東西／比白色的世界和雪意的香氣多一些……／還有那永不安寧的智心」㉘，可見他始終未跳出浪漫主義強調智心是製作秩序這一個窠臼。這一個重點使得許多詩人無法做到「以物觀物」或「物象自主」地呈現

㉗ *Collected Poems of Wallace Stevens* (New York, 1954), p. 403.
㉘ 前書 pp. 193–194。

具體的世界，雖然他們在理知上有了與前人不同的認識。最有趣的例子莫過蘭松 (John Crowe Ransom) 的話，在他攻擊意象派（他是很小心的選擇了最壞的一個詩人做例子的）的文章裡，他對物象本身之美有獨到精彩之論：

> （觀念論者）認為存在於原生環境保有未鑿狀態的形象是一種幻象，是不能存在的，因為每一個形象，在抵達我們感觸之前，無一不是帶著觀念世界的……但我們必須同時了解到：某一個形象單一的特性可能不怎麼樣出色，可是，一旦它許多其他的特性凝合為一時便有使人驚嘆的魅力……但當科學處理該凝合了無盡特性於一的形象時，只找出科學所關心的特性之一種，僅僅一種，而視為形象之全部，因為科學之為科學，其運作時只對某一特殊的目的作承諾。科學破壞了形象，不完全因為用了辯駁，而是由於抽象的程序，就是說，他們從形象中只求取得它的「價值」而已，因為原生自發自由的狀態的形象對他們科學家而言沒有什麼用。因為人們醉心於得到他們所寵愛的「價值」，他們變成慣性的謀殺者，他們的獵物便是形象或物象，不管它們在那裡他們都會追殺。就是這種「見物取『材』」的行為使得我們喪失了我們想像的力量，不能讓我們對豐富的物性冥思。㉙

雖然蘭松極端明白在原生狀態中物的豐富性，他還是要說，最好的詩，對他來說，最正確的詩，是超乎物性的形而上的詩（蘭

㉙ 見其 *The World's Body* 中的 "Poetry: A Note on Ontology" (New York, 1938), pp. 115–116.

松指的不限於十七世紀的玄學詩)，在這種詩中，詩人的智心要扮演一個神妙的角色。

既然現代詩人對物象自主有如此強烈的覺識，如果此時沒有再進一步的發展的話，我們的研究便會走入一種絕大的困難。事實上，在上述的所謂「修辭的辯明」裡，詩人們已指明物象可以獨立存在而具其本身的意義，如此我們便可以預期詩人將最後的「修辭的辯明」除卻。威廉斯可以說是英美詩人中最早作此表達的詩人，其名詩如 “Nantucket” “Sycamore” “The Red Wheelbarrow” 等都是直現物象的詩。現只錄 “Nantucket” 一例：

透窗的花朵
淡紫與黃

被白色的帷幕改變——
乾淨的呼息——

午後的陽光——
在玻璃的盤子上

一個玻璃杯壺，杯子
倒放，旁邊
一根橫放的鎖匙——和那
全然潔淨的白色的床

這首詩，用威廉斯論者米勒 (H. Miller) 的話來說，沒有象徵，不求指向物外的本體世界，沒有辯證的結構，沒有主客的對峙，物既是主也是客㉚。

這裡必須說明的是，我們無意在此視龐德、威廉斯等為具有類同道家「物各自然」的了悟的山水詩人，事實上，以威廉斯來說，他的物象甚少以山水作材料，但從推翻柏拉圖概念世界的抽象思維以求具現物象這一層次來說，他和上述的幾種演變卻為後來的詩人開拓了新的視野，使得一些近乎中國意境的山水詩變得可能，使得詩人如史迺德 (Gary Snyder)、唐林蓀 (Charles Tomlinson)，後期的羅斯洛斯，或者（在某個程度上說）白萊 (Robert Bly)、柯曼 (Cid Corman) 和後期的克爾里 (Robert Creeley) 都曾發表過除卻自我的入侵來保持物的自由活動的較為純粹的山水詩。現在只以前三者的抽樣作略論。這三個詩人雖說都曾受中國詩的影響，但更重要的是他們打破了亞理斯多德以還的思維結構，使他們更能了解中國詩中的視境。

先說羅斯洛斯，幾乎有一半他的作品是專譯中日的詩（先是自別的英譯再造，其後與我國女詩人鍾玲合作），這些譯作或再造，目的在推廣東方的藝術觀點。從上面曾談及的他那首〈另一個春天〉(Another Spring) 裡，我們知道，他肯定了那自化自足的身外的世界，既然季節的循環、月亮的運轉不需用思不需管理，所謂「認識論」的問題便不存在。所以在一次訪問裡（一九六八年三月廿三日 Cyrena N. Pondrom 訪問，見 Dembo 及 Pondrom 合編的 *The Contemporary Writer*〔Wisconsin, 1972〕），他重覆的強調「詩該寫具體的事物，它應具有強烈的特殊性——『直接』接觸，『直接』傳達的強烈的特殊性；它不應該知性地、演繹地寫永久不變的原始類型，應該是像懷海德 (Whitehead) 所說的『呈示的直接性』」（一五九頁），用辯說方式來掌握生命和經驗終將失敗。「去為那不能界定的（如宇宙現象）界定，去把

㉚ 見其序 *William Carlos Williams* (Englewood Cliffs, 1966)。

捉那無法把捉的（如宇宙現象），人如此便殺死了自己。我們不去把捉現實世界，因為那表示我們超越過我們自己所能，我們應該說，現實世界把捉我們。我們就是如此存在於真真實實的世界裡。我們像魚在水裡，並不知道水的存在」（一六一頁）。最後兩句是轉譯自《莊子》的「魚相忘乎江湖，人相忘乎道術」（《莊子集釋》二七二頁）。

回到人的自然自發的本質，人與物便可以直接互印融匯。很顯然地，羅氏至此已接受了中國美感的視境作為他創作的導向。早期的羅氏略有遲疑，所以大幅的山水中（相當美的詩句），仍潛有兩種困難，其一如上述的「修辭的辯明語態」，其二，他仍依賴著某種等比的方法（一種微妙的隱喻結構），把山水玄秘地溶入性愛裡；性愛，據羅氏說，是直接經驗的另一形式（一五五頁）：

自山的那邊
月升起，天空
變得玲瓏晶潔
峽谷在微弱的光裡隱約
一座看不見的玻璃
宮殿，充滿著透明的
人們，圍著我而停定
光的強烈的承諾
從峽谷的裂縫裡漸漸增長
一個裸體的女子進入我的茅屋
白色的足踝，搖動的臀
和香氣四溢的性

"Mirror" ㉛

另一方面，他對中國詩的酷愛誘他倣寫中國詩。最顯著的便是他的〈陰陽〉，是關於自然循環裡春天的活動的一首詩。其次他又以王紅公（Rexroth 的意譯）的名字發表了兩首詩，和他譯的柳宗元放在一起，其中一首意譯如後：

日復日雨下
週復週草生
年復年河流
七十年七十
夢輪迴復轉㉜

詩略嫌機械了些，但自然循迴復轉的主題和他所選譯的杜甫的詩有相當的呼應，到一九七四年出的《新詩》裡 (*New Poems*)，中國意味便躍然於紙了（附說：由於羅氏喜發揮英詩中流動的跨句，在此不便改譯為中國古典句法，這裡的譯文和所有上面的譯文均為討論方便而譯，不能視作完整的譯詩）：

星和初月
空氣裡泛著遲夏
入夜後樹葉熟透的氣味
和露冷的塵。夕陽最後的
修長的光線已經從天空裡

㉛ Rexroth, p. 221.

㉜ Rexroth, p. 24.

消失，在微灰的光裡
最後的鳥群在葉子裡鳴叫
從遠方穿過樹而來，是誰
在槌打什麼，新月
蒼白而薄得像
一片微冰，在安詳的
住處，一響鐘聲喚人
入晚禪
黃昏漸深
靜寂裡有說話的聲音（二〇頁）

詩中的自然景物已做到自主，〈另一個春天〉裡的辯明語態已完全消失。再看一例：

小小樹林裡
一所小屋
寂然無動，惟遠遠
孔雀的鳴，更遠的
狗的吠和
越過頭頂的
一行烏鴉的啼聲（二八頁）

已是靜中有動，寂中有音，物象從自然界自足地湧出。這是羅氏晚年一重大的轉變。

當唐林蓀在一九五五年在其《項鍊》(*The Necklace*) 集中發表他的〈一個中國冬景的九種變化〉時，戴維 (Donald Davie) 讀了興奮之餘，對該詩作了如下的評說：

> 這首詩絕非時下一般的仿中國體，和韋利 (Arthur Waley) 或龐德所譯的中國詩也扯不上什麼關係，這是以一種感官代替另一種感官的語彙來表達感受的嘗試
>
> 松香
> 晴雪的
> 旋律對位，其確切不如
> 踩雪的聲音
> 對一支簫
>
> 聲色味三者溶流為一……從這段詩湧出的不是味或聲或色，而是三者都是又都不是的一種特質，其生命的躍起，有賴三者，各具其本質豐富地，一同出現在詩人的覺識裡。[33]

戴氏結論說這是象徵主義「內在風景」的一種衍變，另一方面是受史提芬斯的〈看黑鳥的十三種方法〉所提供。我在這裡打算提出唐林蓀自己的話，不是要推翻戴氏的精論，而是作為一種補充和加深其意義。唐林蓀在一九七五年一月一日給筆者的一封信中說：

> 你問我的詩的態度是怎樣的：我想主要是要找出人與自然適切的關係，個人、自我不應該是一個掠奪者，自然應該能為自己說話，在某種適切的關係裡說話——不只

[33] *The Necklace* (New York, 1966)，序，p. xiii.

作背景或象徵用。我小的時候，看到一幅中國畫（是我嬸嬸從上海買回來的），畫題是「松香晴雪」（我意譯自他信中的英文 Pine-scent in Snow Clearness），當時我便立刻感到這就是我以後的態度。我被這個含義豐廣而不沾任何主觀成分的畫題迷住，我當時當然說不出個所以然來，但我多年來一直依守著它，覺得它是一種純然的護符，可以敵住一切的感傷主義尤其是當時電臺裡傾出的哭哭啼啼。最後我把它用在《項鍊》集裡，我想我的態度——還給自然其本身的存在——也有相當的附帶的政治意義，主要是，反盲信的狂熱（例如，我那首〈殺人者〉和〈普羅米修斯〉便是），反普羅米修斯主義，對於表面的興奮表示懷疑，卻一面感性活躍地覺識到形、色、肌理的生動。說來，這些想法都可以歸功於那簡單的畫題，而這又多適切啊，我從中國畫開始，而現在又給一個中國詩人你寫信。我一直覺得「松香晴雪」是神妙的感受性，回應著自然，不滲有自我，共鳴而負責任。

試看他那首〈一幅李成的山水〉的自然景色是如何開展的：

往下看。是雪
雪盡處
海，海進入
海岬的灰色
像不具變化的天空，沖洗著
那舉起的手的
手指，旅客

在雪和海間裙行……[34]

景色呈現層次分明，視覺澄鮮，頗近六朝詩的進展。又如下面一首：

白色，一條板徑
在塵灰的橄欖樹間爬
向山頂地帶
凝凝的屋宇，更白
比塵灰木板都白
景，由這角方向看
因距離而柔不起來，因
晶光的淘洗
澄明劃入它的深處
甘願的眼：一個海灘
一條碎浪的線，斷在
珊瑚礁迎接處，散起
灣弧漂白的邊；
上方，箭入空藍裡
一隻海鷗必可傳達白意
在這缺乏了它的大空中。
但，看，審視著海岸的，
垂掛著唯一的鷹，深度
在它的平視裡顯現[35]。

---

[34] *Seeing is Believing* (New York, 1958), p. 19.

[35] 前書 p. 11。

在這首詩裡，唐林蓀能做到相當程度的剔除「主觀性」和「自我干預性」，而把形、色、肌理交回自然事物，試將這首詩和王維的〈渡河到清河〉作比較：

汎舟大河裡　　積水窮天涯
天波忽開拆　　郡邑千萬家
行復見城市　　宛然有桑麻
迴瞻舊鄉國　　淼漫連雲霧

兩個詩人都達到一種透明無阻的視覺直接性，景色自然的組合在觀者目前開展光暗層次變化的每瞬間都能跡真的明徹。但比之王維，唐氏的詩便顯得有刻意的定向的推進，一如被照相眼的引導。感受是被細心的組合成一個連一個的鏡頭活動。從這個角度來說，唐林蓀，像他所師承的威廉斯一樣，和傳統的直線行進保持著某種持續性，但小心地在行程的每一個關鍵地方，使得意象變換顯著而特出。無論如何，唐林蓀的詩裡，「滔滔欲言的自我」「焦慮不安的智心」都已抹除，而走近了任自然自動發聲的理想。

史迺德和中國文化中國詩的深長關係太出名了，尤其是他譯的寒山，使得寒山和他的生活風範成為了現代的傳奇，後來又由於「疲憊求解脫的一代」(Beat Generation) 大師克爾洛艾 (Jack Kerouac) 將他們二人併為一體並加以小說化，頓成為六、七十年代大學生的民眾英雄，至今仍受狂熱的愛戴。讓我在此加入我所了解的史迺德，當我在一九七二年見到他時，我曾特意的問他：「你為什麼對中國山水詩有如此濃厚的興趣?」他說：「我生長在太平洋西北區的山林裡 (他是個伐木者)，年幼時，有一次我父親帶我到西雅圖的博物館去看適正展出的中國畫，我立刻就喜歡了，因為那是我認識的山我認識的水，和我實際生活所看見的一模一樣。」這句話的意思是：西方藝術教育中的山水畫和山水詩都是見山不是山，見水不是水，而是將之寓意化，擬人化，象徵化或作實用的襯托（見前面的討論，西方山水畫方面可參看 Kenneth Clark 的 *Landscape into Art* 一書）。這個雛形的對山水的喜愛和肯定，奠定了史迺德以後大部分的生活方式和感應形態。他和原始山水的接觸引帶到他進入初民的祭禮和詩的研究（在 Reed 大學時，他是同時攻考古人類學和文學的，學士論文是研究印第安人一個神話的多種層次的意義），他對中國山水畫的喜愛引帶他進入中國文化：中國詩和禪宗的研究，（他曾在日本廟裡習禪九年。曾譯百丈懷海語錄。）在他入加州大學柏克萊校區跟陳世驤讀和譯王維、韋應物和寒山之前，他曾在高原沙漠地帶獨居了五個月，餐風宿露的靜坐，他告訴我，他一下山來便接觸到寒山，所以譯來景物字句猶如己出。顯然的，他三方面的興趣都有共通的地方。初民對自然的感應是具體的，把萬物視為自足自主而共同參與太一的運作（見史迺德 "Prayer for Great Family" 一詩，詩集 *Turtle Island*, 1974, p. 24），其時人與自然未嘗分極（我的〈飲之太和〉一文曾有論及，史迺德這一個層面在此從略）；山水詩中的道家美學強調重獲素樸的視覺，任物自由自然的興現活動；禪宗，在道家的影響下，教我們，或詩或悟的方式，生活在自然之道中。三者都引發了史迺德和自然合一的信念。他目前住在加州山間一塊處女地由自己一手建築的房子，並拒絕用任何污染人類殘害自然的工業產品。他對山水自然的看法都是上述三方面興趣的昇華，很多是道家思想的轉寫（俱見其散文集 *Earth House Hold*）：

1 最受無情的剝削的階級是：[36]
動物、樹木、水、空氣、花草

2「因為山中無日月」，光與雲的交替，混沌的完美，莊嚴壯麗的「事事無礙」，互相交往，互相影響。（一六頁）

3 看山：是一種藝術。（七頁）

4「什麼東西都是活生生的——樹木、花草、惠風與我同舞，與我交談，我能了解鳥語。」這是遂古的經驗，並不如後來人所說的屬於宗教的情操，而是對於美的一種純然的感覺。現象世界在某一個突出的情況下經驗是完全活生生的，完全令人興奮的，完全妙不可言的，使我們心中充滿著顫抖的敬畏，使人感激，使人謙卑。（一二三頁）

5 自然是一組完全不據理的任意形成的規律、理路、與輕重的變動，這一瞬間現出，另一瞬間完全消失。（二一頁）

6「那包含萬變的永遠不變」。（二一頁）

現在看看他的詩：

八月中在酸麵山瞭望臺

谷口煙籠霧
五日雨連三日熱
樅子上松脂閃亮
橫過岩石和草原

[36] *Regarding Wave* (New York, 1970), p. 39.

一片新的飛蠅

我記不起我讀過的事物
幾個朋友，都在市中
用洋鐵罐喝冰冷的雪水
看萬餘里
入高空靜止的空氣㊲

史迺德有一次說：「詩人面對兩個方向：其一：對人群、語言、社會的世界和他傳達的媒體工具；其二，對超乎人類的無語界，就是以自然為自然的世界，在語言、風俗習慣和文化發生之前，在這個境中沒有文字」㊳，這段話當然是道家、禪宗所說的「無言獨化」的世界的轉寫，這段話正好說明了上面那首詩。不過解說的欲望並不完全在史迺德的詩中消失，譬如他的〈卑烏特溪〉那首詩，在大段秀麗的山水中，詩人會說：

依附人身的渣滓
棄盡。堅石幌動
沉重的現在亦平不了
心的沸騰
文字書本
如瀉出高岩的小溪
在乾燥的空中消失

㊲ *Riprap and Cold Mountain Poems* (1959, San Francisco, 1969), p. 1.

㊳ 見 David Kherdian, *A Biographical Sketch and Descriptive Checklist of Gary Snyder* (Berkeley, 1965), p. 13.

清澈凝神的心
不沾他義
所見即真[39]

像唐林蓀一本詩集的題目一樣 Seeing is Believing（見到的便是可信的），「目擊而道存」是也。不為物慮，不為思擾，物始自然。再看二例：

松樹群梢

藍夜起
霜霧，天空著
月明
松樹梢動
雪壓青，隱隱
入天穹、霜雪星光裡
靴響嘎然
兔行跡、鹿行跡
若何吾所知[40]

不為什麼

大地一朵花
草夾竹桃在陡絕的
山坡的光裡
垂掛在亙廣

---

[39] *Riprap* and *Cold Mountain Poems* (San Francisco, 1969), p. 6.

[40] *Turtle Island* (New York, 1974), p. 33.

結實的空間
細小腐爛的晶石；
鹽礦。

大地一朵花
在深峽邊，一隻大鴉
飛過，如此
一星閃，一顏色
被遺忘一若一切
墜失

一朵花
不為什麼
一種獻出
無人領愛
流滴滴雪、長石、污土[41]

詩人被自然事物豐沃的興現而打住，在語言的邊緣欲言不語，他應該把那豐沃的自然分條細訴嗎？還是讓景物自由表現呢？他停在一句欲言不定的話前：What do we know（我在詩中翻成「若何吾所知」是不能完全表出英文特有的結構的，如果句中加“？”——從語法上說應該加的——就表示自然之理我們無從知，但詩句裡是除去了“？”的，就表示不去問它，不知，我們也不問，自然有它自己的律動）。事實上，自然不斷地獻出：「一種獻出／無人領受」。如是，忘去你欲解說的智心，忘去你解說

[41] 前書 p. 34。

的文字，看

流漓滴雪、長石、污土

是的，君問窮通理

漁歌入浦深

「出位之思」[*]：媒體及超媒體的美學

不同的藝術之間實在具有「某種共同的聯繫，某種互相認同的質素」。

——龐德 (Ezra Pound)

有一種詩，讀來彷彿是一張畫或一件雕塑正欲發聲為語言。

——龐德

我們設法恢復一種看法，恢復一種介乎手勢與思想之間的獨特語言……（不同的媒體）
彷彿可以在一種「中心的表現」裡發生，而無需特別遷就任何一種媒體。

——厄爾都 (Artaud)

關於甲媒體可以表現乙媒體的「境界」（如「詩中有畫，畫中有詩」）這種看法，東西美學家提出來討論者甚多。比較出名的專書是白壁德 (Irving Babbitt) 的《新拉奧孔》(*The New Laokoon*)。該書試圖就德人萊辛 (Lessing) 在《拉奧孔》(*Laokoon*) 一書中所提出的詩畫兩種表現媒體之異同，審視及分辨歷年對詩的態度變動的情況。白氏重點在指出古典主義和浪漫主義之間不能協調的地方，並認為浪漫主義是媒體表現性能混亂以後的結果。

---

* 源出德國美學用語 Andersstreben，指一種媒體欲超越其本身的表現性能而進入另一種媒體的表現狀態的美學。錢鍾書稱之為「出位之思」。

本文再把媒體表現性能的問題提出來，並打算重新檢視萊辛的論點，是有特別原因的。現代文學與藝術在表現手法上往往有媒體上的突破，是《新拉奥孔》的立論所無法概括的。現代詩、現代畫，甚至現代音樂、舞蹈裡有大量的作品，在表現上，往往要求我們，除了從其媒體本身的表現性能去看之外，還要求我們從另一媒體的表現角度去欣賞，才可以明瞭其藝術活動的全部意義。事實上，要求達到不同藝術間「互相認同的質素」的作品太多了。迫使讀者或觀者，在欣賞過程中，要不斷地求助於其他媒體藝術表現的美學知識。換言之，一個作品的整體美學經驗，如果缺乏了其他媒體的「觀賞眼光」，便不得其全。

我們且先簡略舉一二例說明。龐德的《詩章》(*The Cantos*)和艾略特的《荒原》，就不能只依循文字述義的層次去了解，我們還需要認識到，視覺性很強的大幅大幅的經驗面，如畫中的視覺面一樣，作了空間性的組織和玩味，產生了非文字串連性與述義性可以達致的美感意義。《詩章》和《荒原》的結構復又借助了音樂裡交響樂式的組織，利用「母題——反母題——變易母題——重覆母題……等」音樂形式，作了反因果律的表現。在畫方面，打破了空間定位定時的透視而進入了屬於另一種媒體所擅長的時間活動感（如畢加索的「亞維儂的怖女像」及Marcel Duchamp 的「下樓梯的裸女」……等）。另外在現代藝術的發展裡很多新興的形式，是無法按照傳統的文類劃分的。譬如五、六十年代興盛的 happening（發生事件），便是凝合許多種藝術表現性能的藝術體（見文末附錄我從各種論述中整理出來的大綱）。又譬如 Concrete Poetry，所謂具象詩或圖象詩，很多時候是一張可以展出的畫、或雕塑，它有時甚至是一件可以演出的、或應該演出的音樂作品。這方面的詳細討論我將在另一篇實踐的批評裡處理。這幾個簡例只想指出：現代藝術打破媒體本身的界限而試圖僭越另一種媒體的世界是很顯著的。現在的問題是：藝術家們為什麼要這樣做？究竟所謂媒體界限是不是萊辛等人說的那樣涇渭分明？如果不是，每一種媒體表現活動的美學含義是什麼？

顯然，現代藝術在這一方面的美學取向早已超越了白壁德的論據；所以我們對萊辛所提出來有關媒體的辨別，還需要從一個更新的角度重新去探討。本文打算略花一些篇幅，重述萊辛的要點，通過後來者對他的反應和批評，說明其間的美學含義，看看現代詩人和藝術家，一面反對萊辛的說法，一面受了媒體本身的刺激與啟發，提供了怎樣一個美學的取向，和表達的過程。

本文其實可以說是承著法蘭克 (Joseph Frank) 的〈現代文學中的空間形式〉(Spatial Form in Modern Literature) 而來的。但法蘭克的文章著重一般取向的討論，而無美學實踐上的理由及據點的細論；而同時，中國美學的領域或可提供一些新的角度，使我們更能了解「兩種媒體互為推展」的著力處。

※

萊辛對詩與畫（語言形式與繪畫——包括雕塑——形式）的辨別，最早是由溫克曼 (Winckelmann) 的一篇文章引起的。溫克曼在他的〈對希臘繪畫雕塑中模倣形態的冥想〉（一七五五年）一文裡，對新近發掘出來的一組表現拉奧孔和兒子被海蛇絞死的雕塑，作了一些論證，是萊辛不敢苟同的。溫氏說：

希臘繪畫雕塑的鉅作特點是……在姿勢上和表現上的

> 「高貴的樸素和安詳的宏麗」。像大海一樣，不管表面如何的洶湧激盪，深處是永久的平靜。希臘人的塑像也同樣地流露著激情中一個偉大而凝定的靈魂……拉奧孔的臉便是表露這樣一個靈魂……痛苦在他的臉上和姿勢上完全不露形跡，他沒有像維吉爾在其史詩中所描寫的拉奧孔那樣，拉開喉嚨作大聲呼喊；他半張的嘴巴不容許這種聯想……身體的痛苦和靈魂的高貴平均地、用相同的濃度，貫徹他的全身。❶

萊辛認為這個結論忽略了美感行為中一個很重要的事實：那便是，拉奧孔的嘴巴只有半開，那不是因為希臘人要求「抑制」的美學理想；作者選擇了半開的嘴巴，是因為雕塑作為一種造型藝術，屬於空間的表現，有它特有的限制，所以無法表達動作中痛楚的全部過程——這個過程的連續進展性只有文字形式的詩才可以表現。萊辛是在這個關鍵上作了詩與畫的重要的分辨。這個辨別至今仍如幽魂纏著現代的詩人與畫家。萊辛說：

> 二者之間有一個基本的分別：詩呈現的是一個漸次進展的動作（事件），其構成部分在時間裡依次進行；畫呈現的是靜態的物體，其構成部分在空間裡發生……如果畫

❶ Johann J. Winckelmann, "Thoughts on the Imitation of Greek Works in Painting and Sculpture (1755)", in *Literary Sources of Art History*, ed. E. G. Holt (Princeton: Princeton University Press, 1947). Reprinted in Holt, *A Documentary History of Art* (New York: Doubleday, 1958), p. 349.

> 模擬的方法和應用的符號和詩應用的完全不一樣——前者在空間裡用形狀和顏色，後者在時間裡用述意的聲音——又如果符號和其代表的事物之間有一定不變的關係的話，則並排存在的符號只能呈現在空間裡並排存在的事物或其構成部分，而依次進展的符號只能呈現在時間裡依次進展的事物。並排在空間裡的事物（或構成部分）是物體，因而，畫的獨有題材應是物體；事物（或其構成部分）依次在時間裡進展是動作，因而，詩的獨有題材應是動作。
>
> 可是，所有的物件，不但在空間裡出現，也在時間裡發生。它們持續進行，而在持續的每一個瞬間裡，它們都具有不同的面貌，產生不同的關係；而每一個瞬間的面貌或組合，乃是前一個瞬間的結果，和後一個瞬間的成因；因此，該瞬間是動作（事件）的中心。這樣說來，畫亦可以模擬動作（事件），但只能通過物體去暗示。另一方面，動作（事件）卻無法獨立存在，它必須依附於某些媒介，那些媒介往往是物體；所以詩亦可以描模物體，但只能通過動作去呈現。❷

萊辛認為詩的主要作用是應用屬於時間性結構的語言或述義的聲音描模動作（事件）——而動作是有始、中、續的物象或瞬間的串連，畫是應用屬於空間性結構的線條、顏色、形狀，在一瞬間同時呈現靜態並置的、視覺的物體。詩無法呈現物象的實體性，物象的實體性只能用暗示的方式點逗，而且每次只

❷ Gotthold Ephraim Lessing, *Laocoon*, trans. by Ellen Frothingham (Boston: Roberts Brothers, 1887), pp. 90–92.

能拈出一種質素；而這些質素的視覺性在詩中無法如在畫中那樣具實而完全。一個鮮明的、圓的、紅蘋果在畫中是三種質素同時完整地呈現。另一方面，畫卻無法表現動作的持續性；它只能選出「一個」最能暗示動作（事件）前後的瞬間。(如拉奧孔半張的嘴巴，正是暗示其繼續張開的過程。)

萊辛這段話的美學假定頗有漏洞，所以一直引起後人的批評。比較重要的反響來自赫爾德 (Herder) 和裴德 (Pater)。在我們討論其間的含義及其與現代詩人和藝術家的關係之前，我們不妨拿三首中國詩來印證試探：

㈠江南可採蓮
蓮葉何田田
魚戲蓮葉間
魚戲蓮葉東
魚戲蓮葉西
魚戲蓮葉南
魚戲蓮葉北

㈡木末芙蓉花
山中發紅萼
澗戶寂無人
紛紛開且落

㈢千山鳥飛絕
萬徑人蹤滅
孤舟簑笠翁
獨釣寒江雪

時間與空間的分野在以上三首詩都不明顯。三首詩都有「時間空間化」的現象：一瞬間的經驗（「魚戲」）作了空間性方向性的延展來構成魚活動的鮮明印象；一個靜靜活動的瞬間（芙蓉開落）像一張靜態的畫那樣被「凝止」在那裡；兩個視覺性極強的瞬間（一個宇宙般大的山景和微塵般小的獨釣翁）像畫一樣同時並置出現。無疑地，詩，用了語言，物象也只能依次呈現，但它們並不如戲劇動作那樣用一個故事的線串連起來；它們反而先是「空間性的單元」並置在我們目前，而我們對它們全面的美感印象，還要等到它們全部「同時」投射在我們覺識的幕上始可完成。物象不但以共存並置的關係出現；這些空間性的物象，由於觀者的移動而被時間化。更重要的是：以上的美感瞬間沒有一個可以稱得上萊辛所說的「動作」(事件)。萊辛心目中只有一種詩，那便是史詩或敘事詩；他完全忽略了Lyric（抒情詩）的整個創作的現實。我們以下在討論赫爾德時會再提及這一點。

現在，讓我們看看中國畫。萊辛的「單一瞬間的呈現」的理論(即西方古典的透視觀念)，也是格格不入的。幾乎所有的中國山水畫的構圖，都不是「一瞬」的描模，都不是「單一的透視」(即選擇一個固定的方向看出去)。在中國的山水畫裡，我們不但從前山看，也從後山看，不但從側看，也仰視，也俯瞰，是從許多不同的「瞬間」從許多不同的角度同時看。中國畫的美學信仰，認為欲得自然的氣韻，能與之相應和，畫家首先要實實在在的在全面山水裡生活，遨遊數月，甚至數載，對於要呈現的山水（譬如黃山）的活生生的存在現象，有第一手的認識和感受，對於其不同時間的面貌（早晨、午間、入晚)，不同季節的變化，不同天氣下的氣質、氣氛，不同角度所引起的山水的個性（仰視高山及俯瞰平野，其一巍峨，其一開闊，自是不同）……等，對欲呈現的山水有親如摯友的印證，然後把這個全面的感受重造在一張畫面上。在結構上避開單一的視軸，而設法同時提供多重視軸來構成一個整體的環境，觀者可以移入遨遊。換言之，觀者並未被畫家任意選擇的角度所左右；觀者彷彿可以跟著畫中提供的多重透視迴環遊視。

事實上，在西方古典畫史裡，萊辛的結論也是有問題的。西方畫中雖然大致上是依循科學式的單一透視，但在中世紀的畫中，不乏同時用「逆轉透視」(reverse perspective) 的例子；而在文藝復興期的畫中，要利用不同時間的情節壓縮在同一畫面上來製造「幻覺的空間」(illusionary space)，也大有人在。雖然這些畫在結構上和中國畫的多重透視或迴旋透視還是大不相同，但它們對空間的處理也可以說明萊辛的「單一瞬間的呈現」的理論之粗略。

我們現在可以轉到赫爾德對萊辛的批評，更可以明白萊辛理論中的漏洞。而赫爾德的立場同時引起了有關藝術的「美感主位對象」的重新考慮。

首先，赫爾德認為詩的本質不在萊辛所了解的所謂動作(事件)，而是在 Kraft（氣、力），由空間事物（可觸可感的物象）在時間中組合為一完整體的活動而成，他以為萊辛對「動作」的認識是表面的，不完全的：

> 「事物依次在時間裡進展……是動作。」這話怎樣說呢？我可以隨意的使物體或景物依次進行，但這並不能構成「動作」……一連串顏色的呈現，不管是波狀或是蛇形都不能構成「動作」。一連串悅耳的音也不能稱為「動作」。

> 「依次進展」只不過是「動作」一半的意義。「動作」是事物通過 Kraft（氣、力）依次進展。「動作」是事物通過時間依次進展的實體，是一個物質跟著一個物質通過 Kraft 的變化。我敢說，如果詩的目標是「動作」，這個目標絕不可以用機械化的「依次進展」的觀念來決定；Kraft 才是詩的中心。❸

從赫爾德的立場看來，萊辛對媒體的潛能與限制的辨別並沒有觸及我們美感經驗的核心。一首詩，一張畫，一首樂曲的「美感主位對象」並不存在於其媒體性能所發揮的魅力；這個對象應該存在於 Kraft 裡，一種不受媒體差別所左右的生命威力。以舞蹈為例，舞蹈具有空間的延展性和時間的序次性，換言之，兩種媒體的性能都具有了；但這並不是說，所有的姿勢和活動必然構成我們稱之為藝術的舞蹈。要找出一個藝術的核心，我們必須在媒體特有性能之「外」去尋求。

威立克 (René Wellek) 在詮釋赫爾德的意見時，進一步舉出電影為例。電影是集所有媒體的好處在一身的新媒體——時間的序次性、空間的延展性、物體的實感性和語言的述義性。換言之，是最能接近經驗本身的媒體。可是，並不是說電影攝影機拍下來任何一序次的形象或任何一序次的「動作」都可以構成我們稱之為藝術的電影❹。美感經驗的核心必須在媒體性能之外去考慮。用「新批評」的話來說，「美感主位對象」應該從

---

❸ Johann Gottfried von Herder, *Sämtliche Werke* (Zurich: Georg Olms Hildesheim, 1967), III, 139, 157.

❹ René Wellek, *A History of Moden Criticism* (New Haven: Yale University Press, 1955), I, 186 ff.

藝術家處理媒體的獨特方式裡去尋求，不是從媒體本身去決定；要去看藝術家如何通過媒體的處理而促成了一種經驗的結構。「新批評」這個典型形式主義的立場與赫爾德原來的觀念無疑是不同的。赫爾德的 Kraft 和浪漫主義強調詩人的靈魂有無比的組織力、強調詩人的主觀意識通過「感情移入」可以賦外物以生命的力量有著密切的關係。赫爾德對主觀意識的執著使他強烈地反對萊辛的古典意念。

事實上，萊辛對詩的看法和他所提供的一系列的詩的特色完全是建基在史詩或敘事詩的傳統上的。所謂始、中、續、結的序次結構直接來自亞理斯多德的「詩學」，而亞理斯多德的「詩學」卻是戲劇（基本上是敘述的結構的）詩學。當亞氏提到詩時，他指的主要是史詩；他從來沒有討論過 Lyric（抒情詩）的結構。

Lyric 的一個主要事實是：無論它早期作為曲調中的詞或後期作為主觀感情傳達的體制，Lyric 都不強調序次的時間。在一首 Lyric 裡，詩人往往把感情、或由景物引起的經驗的激發點提升到某一種高度與濃度。至於常見於敘事詩的有關行為動機的縷述和故事線性的發展的輪廓，在 Lyric 中常常是模糊不清的，或只有部分枝節的提示，而沒有前後事件因素的說明。則甚至在某些故事敘情詩裡（Story Lyric，如英國民謠中的 “Edward, Edevard”）都只具有一些暗示性的線索而已；在一些更核心的 Lyric，如里爾克的〈給奧菲爾斯的十四行〉，則是完全潛藏在詩的背景裡。一首 Lyric 可以說是把一瞬間感情的激發點的內在肌理呈升到表面。一首 Lyric，往往是把包孕著豐富內容的一瞬時間抓住——這瞬間含孕著、暗示著在這一瞬間之前的許多線發展的事件，和由這一瞬間可能發展出去的許多線事件。它是一「瞬」或一「點」時間，而不是一「段」時間。在一段時間裡，時間的序次才佔有重要的角色；在一點時間裡，時間的序次不重要。雖然我們了解到，語言是序次的東西，事物仍舊序次的出現；但在我們美感的意識裡，這不是時間的序次，而是一瞬間經驗或情感內在空間的延展；我們彷彿是從經驗的核心慢慢伸向圓周。則就在詞調的早期發展裡，它的結構也是由一個簡單的情感或經驗的爆發，通過音樂漸次增長的重覆與變化，建立起一種強烈的力量，也很少是故事發展層次井然的呈現。所以當後人艾德格・愛倫・坡一口咬定「簡短」是 Lyric 必須的條件——這無疑是後發的一個理論——但我們可以從許多原始詩歌，和一大堆中國詩裡找到佐證；它們都很短，都是不講求敘述的序次的。

我們無意在此說明 Lyric 的全部美學結構。我們只想拈出其間的一些特色，使我們可以更進一步了解到萊辛理論的侷限。

赫爾德強調 Lyric 這個文類，其根源亦來自浪漫主義和浪漫主義對詩人靈魂組織力的重視。這顯然亦與「新批評」中的形式論不同。可是，赫氏拿 Kraft 和媒體表達性能一同考慮所得出來的結論，卻指向現代詩學中的一個核心理論。

現代詩人和美學家認為詩的意義不在文字之中而是在文字之「外」（梵薩 W. K. Wimsatt）❺；詩的理想是要試圖躍出詩之「外」。艾略特在一篇沒有出版的演講裡說：

> 這正可說明我長期寫詩欲求達致的目標。要寫詩，要寫一種本質是詩而不是徒具詩貌的詩……詩要透徹到我們

❺ W. K. Wimsatt, “Comment on Two Essays in Practical Criticism”, *University Review*, 6 (Winter 1942), 141.

> 看之不見詩，而見著詩欲呈現的東西，詩要透徹到，在我們閱讀時，心不在詩，而在詩之「指向」。「躍出詩外」一如貝多芬晚年的作品「躍出音樂之外」一樣。❻

而在他們之前，是梵樂希的名言：「詩實在是一種用文字來製造『詩境』的機器。」❼詩「外」的「東西」、詩「外」的「境」，亦是白樂蒙神甫 (Abbé Brémond) 純詩之說的基礎。以上各說，可以說，都是來自馬拉梅。他說，「美是一束我們在植物界在花圃上所看不見的新花，神妙地，音樂地，從語字中升起。」❽

詩境，一般正常語態所無法言傳的詩境，經過詩人對文字獨特的處理產生，彷彿讀者在讀詩時，他已經不覺察到語言本身，而如電光一閃，他被帶送入由文字暗示的一個「世界」裡。文字只是一種不可言傳、複雜感受狀態的「指標」。正如龐德後來說的：「一個外在的客觀的東西本身作了轉化而躍入一個內在的主觀的東西」❾。龐德從象徵主義裡，尤其是馬拉梅的詩觀裡發展出一套看法，認為詩是一種「感召的數學」，是感情、不可言傳的心靈狀態和情緒的「方程式」(詳見拙著 *Ezra Pound's Cathay*，第二章)。艾略特有名的「客觀對應」(Objective Correlative) 即是承著龐德的話而來的。所謂「客觀對應」，是說

---

❻ F. O. Matthiessen, *The Achievement of T. S. Eliot* (New York: Oxford University Press, 1958), p. 90.

❼ Paul Valéry, *Art of Poetry* (New York: Bollingen/Pantheon, 1958), p. 79.

❽ Stéphane Mallarmé, *Oeuvres Completes* (Pléiade Edition), ed. Henri Mondor and G. Jean-Aubrey (Paris, 1945), p. 368.

❾ Ezra Pound, *Gaudier-Brezeska: A Memoir* (London, 1916, New York: New Directions, 1970), p. 103.

一首詩或一個劇裡，把文字、事物、事件安排成某種「公式」，讀者接觸感受時，可以直接喚起作者欲表達的情感。

龐德和艾略特以還的詩人和批評家不斷地對「文字外的詩境」發揮，認為文字既有內在的意義，亦有外射的意義；一首理想的詩要能從文字的桎梏裡解放、活潑潑的躍出來呈現在讀者之前。

我曾在《秩序的生長》一書中，拈出傳統美學的理想「弦外之音」來討論這個觀念❿。「弦外之音」，語出司空圖，而司空圖這個說法又來自道家與禪宗。簡而言之，道家認為一般的語言，作為一種人為的傳達工具，無法呈現宇宙現象生成演化的全貌。所以他們一面提醒詩人們認知語言的侷限，一面影響他們設法調整語言，使得「意」「境」可以由文字的桎梏中解放出來。在道家語言的哲學裡，特別重視語言的空白。寫下的語言是實，未寫下的語言是虛。語言的全面活動，必須虛實合作，以實（言）指虛（不可言傳部分)。「弦外之音」的核心觀念是來自大家熟識的莊子名言：

> 筌者所以在魚，得魚而忘筌……言者所以在意，得意而忘言。

其他出名的句子如「意在言外」，「韻外之致」，又如謝赫六論中的「氣韻生動」裡「重氣韻而不重外貌」所引起的一連串「重意不重形」的說法，都可以說是演化自莊子之言。禪宗承著道家之說，也不信賴語言一般的傳達方式，而提供一種超邏輯、重直覺的點逗經驗方式。禪宗的公案所採取的問答式，即是這

❿ 《秩序的生長》(臺北：志文出版社，一九七一年)，二一五一二一八頁。

個方法的實踐。

㈠問：如何是佛法大意？
　答：春來草自青。
㈡問：什麼是人境俱不奪？
　答：常憶江南三月裡，鷓鴣啼處百花香。
㈢問：色身敗壞，如何是堅固法身？
　答：山開花似錦，澗水湛如藍。

文字不作解釋。文字如夜中的火花，使我們在一閃間看到字外的意義；所謂禪機忽現，我們彷彿被帶到宇宙現象整體的邊緣。文字如水銀燈，點亮一刻的真趣，這是傳統美學批評中最中心的考慮。(詳見我另外的文章〈嚴羽與宋代詩論〉和〈無言獨化：道家美學論要〉，俱見我的《飲之太和》一書及本書七六－八八頁。)

我們在這裡把傳統中國美學的論據拿出來作比較，並沒有打算把赫爾德的 Kraft 和「氣韻生動」看作相同的東西，或說梵薩的「意義在文字之外」等於「意在言外」，何況「意」字在中國的詩學裡又是言人人殊的。我們以後或有專論對「意」「意義」的問題另作探討。但在兩個美學系統裡，有一點是完全清楚的，那便是：「意」與「詩外的東西」、“Kraft” 與「氣」的內涵雖不盡相同，它們所強調詩指向文字之「外」的東西 (「意」「詩境」「世界」) 作為「美感主位對象」這一點是完全相同的。這個「詩外的東西」為詩畫等各媒體出位換位的問題，提供了一個完全不同的角度。一旦我們選擇了這個美學的據點，則詩之能不能有畫、畫之能不能有詩，已經不是詩的媒體性能能不能達致畫的媒體性能的問題(雖然這也是現代藝術家努力要做到的方向，詳見後)，而是詩用了文字；畫用了形、色、線條；音樂用了聲音的安排有沒有、或能不能提供相同或相似的「美感狀態」的問題。

在詩而言，這些論者強調文字的外指、外延的力量。文字作為一種符號，或依循經驗的狀態或事物活動的態勢來組合結構，或依循經驗顯形現像的過程進行，使我們在一瞬間瞥見實境，或一步步被帶入經驗生成的情狀。我們試舉幾段詩來看看：

行到水窮處
坐看雲起時

文字的轉折、語法的轉折和自然的轉折重疊，讀者依著其轉折越過文字而進入自然的活動裡。對讀者而言，是一種空間的飛躍，從受限制的文字跨入不受限制的自然的活動裡。

蜀僧抱綠綺
西下峨嵋峰
為我一揮手
如聽萬壑松
客心洗流水
餘響入霜鐘
不覺碧山暮
秋雲暗幾重

當文字裡的意義被侷限在事件的指述裡，讀者往往只作「你講我聽」的被動者，如頭三行。但如果文字可以如琴撥，在適切的指法下，引渡讀者主動的作空間的飛躍，便可以進入弦外之境。如果第四行只說「琴音悅耳」，便仍然是文字裡的意義，但說「如聽萬壑松」，讀者的心胸（包括耳和目）忽然能夠「耽思傍訊，精騖八極，心遊萬仞」，精神作空間的躍遊。而空間延伸也正可解決了詩中的時間問題。文字的實際時間不及一分鐘，事件的時間已由日間進入暮色。空間的躍遊無意中增長了心理時間的需要，而使我們閱讀時不覺時間跳動的匆促，這都是依賴文字引渡讀者向詩外飛躍的力量。

另外一種引渡來自傳統的所謂「天趣」的捕捉。所謂「天趣」的捕捉，是指一首詩任自然本身原樣不加干預地演現出來，如前面提及過的〈辛夷塢〉：

木末芙蓉花
山中發紅萼
澗戶寂無人
紛紛開且落

景物彷彿自動開向讀者，花開、花落、澗、戶、寂、無人，沒有意義的束縛（如「無人」不可以解釋為「無人居住」。要這樣解釋，不是不可以，如此景物便沾上「死義」）。因為景物沒有「死義」的束縛，景物便直接以其姿勢、狀態和讀者（也是觀者）交通。文字如水銀燈，把讀者的眼引向一個空間、一個環境；讀者不被「意義的求索」所羈絆。

還有一種文字的超越起自語言（作為一種符號）亦步亦趨地依著我們觀物時視覺的弧線及光影作層次的變化，如：

孤帆遠影碧空盡

文字的作用像啞劇的擬態者，為了重現一件無形事物的活動，必須強調某些姿式和某些瞬間，使其顯現出原來支持該項活動的「氣之運行」。要體現某一瞬間的「氣韻」，語言必須按著該瞬間原來打動觀者的方式活動。即蘇東坡所謂「隨物賦形」。蘇氏描寫自己的文章「如萬斛泉源，不擇地而出。在平地，滔滔汩汩，雖一日千里無難；及其與山石曲折，隨物賦形……。」⓫水無礙而瀉千里，遇轉折而成萬姿。氣之勢，自然之勢也。我們談到書法的藝術，一筆過去，中間雖然飛白，我們知道氣曾通過；每一鉤一轉，形狀都可以用水流遇石成漩來說明其氣勢。詩中的文字，隨著經驗觸及我們的氣勢與姿式或我們與物接觸時所感到的層次的變化，一步一步的組合和演出，可以得「氣勢」而忘「文字」。

有趣的是，後期現代主義者奧遜 (Charles Olson) 和克爾里 (Robert Creeley) 在論詩的力學時也特別提出「氣的運行」作為他們詩學的主位對象：

> 一首詩是由詩人感觸到的「氣」，通過了詩，一口氣轉送到讀者。好。因此詩本身必然是，每一分鐘每一點都是，一個高度「氣的建構」而在每一分鐘每一點都同時是「氣的放射」……形式永遠是內容的「延展」。(維廉註：請特別注意「延展」二字，即形式隨著內容的活動，隨著氣的運行而延展，而成形。) 一個感物的瞬間，必須馬上、直接的引向另一個感物的瞬間。就是說，時時刻刻……

⓫ 蘇軾：《經進東坡文集事略》，四部叢刊，卷五七，三三五頁。

> 與之挺進，繼續挺進，依著速度，抓住神經，抓住其進展的速度，感物的瞬間，每一行動，說時遲那時快的行動，整件事，儘速使之挺進……請用、請一定用、時時刻刻的用整個「過程」，隨時使一個感物的瞬間移動，必須、必須，必須移動，一觸即發的，向另一個瞬間。⓬

蘇東坡和奧遜（及克爾里）都把「氣的運行」看作一切好的藝術的必然條件。但這是不是意味著兩者的詩觀相當接近，甚至完全相同呢？卻又不然。奧遜所繼承的是浪漫主義象徵主義以來的語言觀，即語言可以在一個預先空場的舞臺上建造、組合獨立自主的世界，這個由文字構成的世界與原來的真實世界可以完全不同。這種詩觀和語言觀壓根兒是表現至上論。對蘇東坡而言，語言無疑亦求表現，但必須按物象在真實世界裡的存在狀況和活動狀況來表現。他同時是模擬論者和表現論者。

蘇東坡是中國第一個論詩畫互照的人（「詩中有畫，畫中有詩」），這是很自然的事。他的詩論畫論在詩論史上和畫論史上不但重要，而往往被交替的用來做印證。關於他的詩論對宋代文評的影響，我曾有〈嚴羽與宋代詩論〉一文，在此不再縷述。作為一個畫論者，他發揮了謝赫的「氣韻生動」，而加速了文人畫與寫意畫論據的建立。簡單的來說，蘇氏重視物象所構成的「美感境界」，而不重視外形的相似（「論畫以形似，見與兒童鄰」）。畫一匹馬，便要畫一匹馬騰躍的氣勢，不要畫皮毛的細節。文人畫避過外在寫實的一些細節而捕捉事物主要的氣象、

⓬ Charles Olson, *Selected Essays* (New York: New Directions, 1966), p. 17. "Projective Poetry"（〈拋射詩〉）一文係由奧遜與克爾里二人討論而成。

氣韻。同樣地，詩人避過「死義」的說明性，而引我們渡入事物原真的「境界」。兩者都要求超越媒體的界限而指向所謂「詩境」、所謂「美感狀態」的共同領域。

蘇東坡對氣韻的看法，有時頗似近代美學家法萊 (Roger Fry) 在〈後期印象派〉一文中的「律動論」：

> 某些線條獨有的律動和某些顏色獨有的和聲有它們之間某種精神上的應和，它們會喚起某些特定的感情……律動是繪畫最基本最生動的元素，律動也是一切藝術最基本最生動的元素。⓭

事實上，蘇東坡的畫論有些地方還逗及法萊的友人貝爾 (Clive Bell) 的「要形說」(Significant Form)：

> 余嘗論畫：以為人禽、宮室、器用，皆有常形。至於山石、竹木、水波、烟雲，雖無常形，而有常理……常形之失止於所失而不能病其全；若常理之不當，則舉廢之矣。

蘇氏與貝氏用語雖不同，「常理」的含義卻極其接近貝氏的「要形」說。在這個層次上，我們還可以看近人蘭格 (Susannc K. Langer) 在她的〈音樂的意味〉一文的意見。她也是反對以媒體性能的分辨作為美學最終的識別的。為了說明藝術的「美感主位對象」，她首先借用貝爾的「要形說」，而肯定美感價值不在作品呈露情感本身，而在模擬「情感的生變狀態」——生長的

⓭ *Fortnightly Review*, 95 (May 1, 1911), 862–863.

「過程」、活動的層次、生成的狀態。像赫爾德、像蘇東坡、像浪漫主義以還的許多美學家，蘭格認為媒體性能特色的研究是表面的。在她看來，詩用一串調協的文字，畫用形、色互玩的設計，音樂用音和弦與諧調的結構，都是要逗出情感的生成與活動的狀態。這是欣賞音樂唯一適當的方法。把「美感主位對象」落實在「情感的生變狀態」還可解決了音樂中常見的一個困惑的問題：為什麼同一個曲子會同時引起快樂與憂傷兩種對立的感情？蘭格認為，在某些情形下，快樂與憂傷兩種情感都具有相同的生成狀態。這種看法使我們想起嵇康的〈聲無哀樂論〉這篇中國第四世紀最詭奇的音樂美學論文。他說：

> 夫味以甘苦為稱，今以甲賢而心愛，以乙愚而情憎，則愛憎宜屬我，而賢愚宜屬彼也。可以我愛而謂之愛人，我憎則為之憎人，所喜謂之喜味，所怒為之怒味哉。由此言之，則外內殊用，彼我異名，聲音自當以善惡（即好壞）為主，則無關於哀樂，哀樂自當以感情而後發，則無繫於聲音。

音樂裡面所謂「哀愁的調子」、「浪漫的調子」，都是由外硬加於內的意義，而非音樂本身的表達性能；它給我們的是平和之音，快速之音，緩進之音，拉緊之音。音樂利用題旨 (Leitmotif) 的複疊、逆轉、變化，並用先潛藏後應合的方法，以動速推進，時加速，時放鬆，利用聲音和寂靜，樂音與休止來逗出感情的活動與生變。音樂中的音本身是不「說明」什麼思想與情感的。問題在——

我們能不能夠說：語言文字亦如是？不能。語言文字其中一種主要的性能正是要「說明」「陳述」思想與情感。所以我們不能、甚至不應把它們看作音樂的音那樣對待。現代詩與現代藝術的理論就是在這個取向上有所發明，但也構成許多困難。為了要達致感情和思想的「生成狀態」，詩便要消弛文字的述義性，轉而依賴一種音樂與繪畫的結構或程序。自龐德、艾略特、威廉斯、史提芬斯到黑山詩人 (Black Mountain Poets) 都曾設法打破文字的侷限而攀向裴德所說的「音樂的狀態」(如應用了母題複疊，題旨逆轉，變易，寂音交替等）和「繪畫的狀態」(如放棄縱時式串連性展露而代之以並時式羅列性構築)(見後面的例證)。都是為了要達到厄爾都所說的「中心的表現」，介乎「手勢與思想之間」，介乎語言與音、色之間的一種中性的表現。正如龐德所說：

> 不同的藝術之間實在具有「某種共同的聯繫，某種互相認同的質素」。
>
> 有一種詩，讀來彷彿是一張畫或一件雕塑正欲發聲為語言。
>
> 每一個概念，每一個情感，都以某種元形在我們活活潑潑的意識中呈現。

這都可以說是承接裴德對「出位之思」的說法。裴氏認為萊辛對媒體性能的辨別，使我們進一步了解到，甲媒體可以疏離其本身的表現性能而進入乙媒體的狀態。

戴維 (Donald Davie) 在論龐德的詩時用了一句很有挑逗性的話：「他的詩，目的不在陳述思想……而是要呈示一種心理狀態，彷彿在表現的邊緣顫抖欲言。」龐德自己把他所追求的境界說得近乎玄妙：

> 我們似乎已經失去了那個閃閃透亮的世界，在那世界裡，一個思想用明亮的邊鋒透入另一個思想，是一個各種氣韻運行的世界……種種磁力成形，可見或隱隱欲現，如但丁的「天堂」，水裡的玻璃，鏡中之象。

這段話讀來幾近嚴羽。嚴羽也要求詩捕捉文字以外的明亮的世界：

> 所謂不涉理路，不落言筌者，上也。……盛唐詩人惟在興趣，羚羊掛角，無跡可求。故其妙處透徹玲瓏，不可湊泊，如空中之音，相中之色，水中之月，鏡中之象，言有盡而意無窮。

龐德與嚴羽二人之間詩的理想如此的相似，一方面固然很有趣，另一方面又令人不安。無疑地，嚴羽與龐德都希望文字如火花閃現出一個不可言傳的存在狀態，不管我們稱之為「神化妙境」「精神」「氣韻」或是「律動」。但，問題在，嚴羽其他的論點，如果拿出來作為批評的尺度，卻正好句句都中了龐德和艾略特以來的現代詩的要害，嚴羽批評江西詩人「以文字為詩」「以才學議論為詩」：

> 夫詩有別才，非關書也；詩有別趣，非關理也。……近代諸公……以文字為詩，以議論為詩，以才學為詩。以是為詩，夫豈不工，終非古人之詩也。……且其作多務

使事，不問興致；用字必有來歷，押韻必有出處，讀之終篇，不知著到何在。

龐德和艾略特時有論及「特別的才具」「詩人獨有的感受性」，「經過處理後的藝術經驗」……等；但他們兩個人的詩都曾犯了「以文字為詩」，「以才學為詩」的毛病。「以議論為詩」倒是龐德早期所極力反對的。（龐德：「詩人找出事物明澈的一面，呈現它，不加陳述」；「中國詩人們把詩質呈現出來便很滿足，他們不說教，不加陳述」⓮）

我們對嚴羽與龐德和艾略特之間的詩觀應該如何去了解呢？他們有沒有匯通的地方？同是要文字超越其本身把讀者引渡到詩外的「意境」，嚴羽心中理想的詩和西方現代詩最大的分別在那裡？我想是在詩所呈現的「世界」和「無我」問題看法的不同。

嚴羽所代表的是道家美學影響下的詩觀，我曾分別在〈無言獨化：道家美學論要〉與〈嚴羽與宋人詩論〉二文中詳細論及。在此，我來作一扼要的說明，作為西方現代詩學的一種印證與對比。

嚴羽所關心的是一種自由的活動，一種「興趣」自發的表現，不落言筌的一種存在，無跡，透明，徹亮，無礙，不隔。這一個存在是通過文字暗示的，而不是通過文字說明的。一首詩應該把意象、語字、述義處理到一個程度，讀者閱讀時，不會覺得意象、語字、述義的存在，而一個無言的境界（或者應該說，不黏語言的境界）自其中湧現。多讀詩、書對嚴羽來說，

⓮ Pound, "1 Gather the Limbs of Osiris", *New Age*, 6 (December, 1911), 130; "Chinese Poetry", *Today*, 3 (April, 1918), 54.

也是需要的。但多讀詩、書並非要亦步亦趨的講求字的來歷、句的出處，做「死法」的模倣；多讀詩、書是要熟識好詩之為好詩，是不為文字、句法（尤其是他人的文字和句法）所拘束的，要知道好詩要透徹玲瓏，自由興發，不阻不隔，直取意境。換言之，多讀詩、書不是襲用他人句法，從而作詭變性的構織，而是要發展一種「心胸」，把所讀的詩，所得的「境界」化作自己心胸的一部分，使語字能依著自然現象轉折的律動自由湧出，沒有很多語言或形式刻意的經營，即所謂自然，自然而然。對於在真實世界以外，文字獨立系統裡另行建構、發展，進而作複雜詭奇的生變，嚴羽是堅決反對的，尤其是個人語言複雜系統的構織，都是對事物秩序自由成長的阻礙，必須要儘量避免。

其實，龐德、艾略特諸人，在象徵主義的影響下，也講求把推理性文字的痕跡剔除，讓詩有一個獨立自主的存在，直接與讀者「說話」或作戲劇性的呈現，詩人不作演義性的解說。在這個層次上，他們理想的詩和中國美學理論裡所要求達到的理想的詩是完全一致的。尤有進者，龐德與艾略特心目中的詩也自然要求個性的泯滅，照理，既然要求事件具體的呈現當然同時會要求詩人的隱退（要求「不加陳述」亦即此意）。但事實上，所謂「個性的泯滅」在他們的作品與理論裡都有相當的矛盾。

西方現代的詩論一面希望詩能超越文字而躍入一種「境界」，一面卻要我們全神貫注在詩人語言刻意的經營。現代詩人刻刻在提醒我們，他們的責任是要把一般的語言變成獨出心裁的表現方式，而且有時是他們私人所發明的獨出心裁的表現方式。這樣一來，所謂「個性的泯滅」，所謂「不加陳述」，仍夠是迫使我們去追認他們「獨出心裁表現形式」中所呈現的「自我」。

這個一面不信任語言一面又神化語言、一面要泯滅「自我」一面又迫使讀者認可詩人「獨出心裁」的「自我」，這個雙重的矛盾的產生另有歷史的因素。這個歷史的發展，我另外有〈語言與真實世界〉一文處理。現在我們只提出這個發展對表達程序的影響。現代詩人對語言本身刻意的調整、處理、發明，包括承繼馬拉梅的「語法的錯亂」，包括從自然的環境裡抽出物象，從慣常的語言系統裡抽出語字，獨立隔離，來求取獨特的音樂的效果，獨特的造型藝術的姿式，把一些個人的、神話的、歷史的題旨和事件拋球變戲法那樣拋來拋去排來排去，要形成一些「全新的個體」，「全新的結構」——這些都是另一種「別出心裁的個人主義」，與依據事物的自然律動來造語，可以說是分庭抗禮的。龐德、艾略特與黑山詩人群，除了一些短的意象詩之外，很少把自我消融在現象世界事物流動的氣韻裡。反之，他們在其中「選擇」了一些瞬間的經驗，然後「建造」一連串的事件或一個「世界」，一個「反映他們自我的氣韻」的「世界」。語字的結構所模擬的是他們觀、感世界的「個人」獨有的程序與方式，而呈現的世界，獨立自主的美學世界，可以說與外在的世界完全無法互認。歸結到底，也就是馬拉梅所說的：「世界萬物的存在是為了落腳在一本書裡（詩人用語言建造的世界裡）」，自然要為詩人表現至上的美學世界服役。

讀西方現代詩，常常覺得要費煞很多心機始可以進入詩境，與中國詩的「不隔」「無礙」截然不同。所以，同是把「美感主位對象」放在媒體（文字、形色、樂音）以外所提供的「世界」，在中國詩來說，可以兼有空間玩味的繪畫性、雕塑性、電影視覺性而沒有費煞心機扭曲語言的感覺，如：

星臨萬户動
星垂平野闊
月落烏啼霜滿天

又如本文初舉的中國詩例，都極具「詩中有畫」的氣氛和味道，是萊辛理論所無法涇渭分明地劃分的。但在西方現代詩裡，很多時候呈現了語言扭曲的現象，先按困難程度列出六例：

㈠ Moon,　cloud,　tower,　a patch of the battisero
all of whiteness

龐德：The Canto 79 *

㈡ Prayer: hands uplifted
Solitude: a person, a Nurse

龐德：The Canto 64 **

㈢ l (a
le
af
fa
ll
s)
one
l

---

*　月　雲　樓　一片浸禮堂
全白色

**　禱告：手舉起
孤獨：一個人，一個護士

iness E.E. 孔明思

(四) Among
of
green
stiff
old
bright
broken
branch
come
white
May
again

威廉斯："The Locust Tree in Flower"

(五) 2 on 2

What is the name of the bastard? D'Arezzo, Gui
d'Arezzo notation
 3 on 3
 chiacchierone the yellow bird
to rest 3 months in bottle (auctor)
by the two breasts of Tellus
 Bless my buttons, a staff car
si come avesse l'inferno in gran dispitto
Capanaeus
 with 6 on 3, swallow-tails
as from the breasts of Helen, a cup of white gold

2 cups for three altars

龐德：Canto 79

㈥ la lumiere

but the kingfisher

de l'aurore

but the kingfisher flew west

est devant nous

he got the color of his breast

from the heat of the setting sun.

奧遜：The Kingfisher, I. II.

第一例在語法上利用了羅列句法，打破了西方串連性的習慣，而呈現了空間玩味的繪畫性，在表現上接近「雞聲茅店月，人跡板橋霜」。因為羅列句法不帶一般的、串連性的解釋，又加上空間安排的隔離與切斷，它的述義性幾近於零，而它的視覺性則大大的提高。在這一個例子裡，從西方語言的立場看來，語法仍是扭曲了；不過，雖然是扭曲了，但一般說來，並不礙事，也不能說是太不自然，原因是該句所呈現的世界，是真實世界的事物一瞬間的顯現，是我們認識的事物。

第二例中的形象，也還是可以認識的。但詩人為了讓這個形象暗藏強烈的主觀情緒，但又不想借助於述義行為，便把語法上所需要的連接元素大大的削減（造成一種扭曲的語法），使這個形象的視覺性加強，使這個形象的形狀與姿勢突出。但與第一例比較，第二例語言的疏離感較為強烈，因為前者的世界易於落實，後者所暗示的主觀感受，和外在的空間意象卻沒有一定的客觀的應和。

第一、二例的語法雖然有不正常的行為，但是易於認識，譯出來還是可以傳達的，事實上譯為不受西洋文法管轄的中文，其自然度勝過原文。

但當語法進入純然屬於個人獨特的表現系統時，便不但不易與我們的經驗互認，而且無法譯為另一語言（則同一印歐語系都不容易）。第三例是由四個英文字構成的：loneliness（寂寞）a（一）leaf（葉）falls（落）。孔明思把 a leaf falls 加了括號放在拆開的 loneliness 一字之間。a leaf falls 又另外拆成「葉落狀」或「單音滴落狀」來反襯「寂寞」，而拆開的 loneliness 中還特別有 one（一個，獨個）字梗在那裡。這首詩屬於具象詩之一種，使人在述情（葉落寂寞）之外，利用文字的空間排列，使人更具體地看到、聽到、感到所述之情。所以具象詩往往也是圖詩 (Picture Poems) 或音詩 (Audio-Poème)（見附錄）。像這樣的詩，不但作者曾費煞心機去「構築」（說「寫」不能表達其超媒體的行為），讀者也要費煞心機才可以認識這個形象。語言的性能作了顯著的疏離與扭曲才可以達到超媒體的表現。

第四例寫一棵刺槐開花的過程，亦是一首無從翻譯的詩。作者威廉斯善於用「空間切斷」，把一句話斷為單字、片語作空間的排列，使句中每一個形象獨立、顯著、視覺性強烈；讀者閱讀時，如隨著水銀燈活動分段注視。龐德和威廉斯都是其中好手，見威廉斯有名的〈紅色的手推車〉（請參看我〈語法與表現〉一文，見本書五九－六〇頁）。威廉斯也常用「語法的切斷」來增加空間性，威廉斯的詩很多是不依據英文文法的，這裡舉的例子便是其一。這首詩完全無法用傳統的語法串連。其述義性，如果有，則完全要依賴文字超媒體的其他性能暗示。Gertrude Stein 為了求得在一行詩裡產生多種讀法，而把字與字之間連接的詞性（在英文裡，這是扣得很緊的，如第三人稱單數加 s，冠詞 a, the 之不能亂用等……）含糊化，甚至有意錯亂，該是名詞的位置放動詞，該是動詞的地方放名詞等等，使人不得不反覆「推敲」，如此，讀者在接近詩中欲呈現的經驗時，所見到的不是抽象的「意義」，而是「物體」被反覆的審視。這個做法顯然要把語法扭曲化、陌生化、疏離化。第一次接觸是無法感到自然的。威廉斯寫的刺槐樹開花，也襲用了 Stein 的做法，再加上空間的排列，幾乎把每一個不同詞性的字都化為觸覺性的「物體」：Among（在什麼什麼之「中」，把讀者放在一些未知物之「中間」——空間的感覺）。of（空間關係的注意）。green（綠）。stiff（硬）。old（老）。bright（亮）。broken（裂開）。branch（枝）。come（來；現）。white（白）。sweet（香）。May（五月）。again（再來；再現）。每一個開花的特質逐一具體的打在我們的感覺上，根本沒有什麼「述義」可言，除了 again 這一個表示「循環」的字以外。像這樣一首詩，無從翻譯，姑且不論它好壞⓯。

我們注意到，以上的西方詩例，沒有一首可以純然依循文字的串連性和述義性去讀的，尤其不能以萊辛狹窄的詩觀來尋求；以上的詩例都必須借助其他媒體的「觀賞眼光」，其他媒體的美學據點與特色來感受。但我們也注意到，欲求達到超媒體的情感或經驗的生成狀態，他們要消弛文字的述義性能，疏離甚至扭曲語法到一個我們無法認識的地步，把語言變成一種「介乎思想與手勢之間」的表現方式，在這種方式發展到極致時，常常是個人性很強的表現至上主義。作者固然費煞心機去「構

⓯ 這首詩是由一首較長而語法輕快明朗的詩衍化而來，見本書七一—七二頁的討論。

築」，讀者也要耐心去「推敲」，「推敲」或者還不足以表示其中的困難，因為「推敲」通常是指字義；要感受這類表現方式，正如我上面所說的，還需借助其他媒體的「觀賞眼光」。譬如前面列出的第五第六例，便要借助於音樂結構的認識。

第六例奧遜的詩利用了兩個聲音合唱的方式來構成。其實龐德《詩章》中這個結構用得最多。今再舉一例（加線者代表合唱者的聲音）。

Sibylla,
from under the rubble heap,
m'elevasti
from the dulled edge beyond pain,
m'elevasti
out of Erebus, the deep-lying
from the wind under the earth,
m'elevasti
from the dulled air and the dust,
m'elevasti
Isis Kuanon
from the cusp of the moon,
m'elevasti

龐德另一種音樂內在結構的利用較為困難，如第五例。這段詩裡的典故屬於嚴羽所反對的「以才學為詩」。典故都與音樂有關，如 D'Arezzo 是中世紀「大音階」的發明者。"2 on 2" 和 "3 on 3" 就代表了記譜法之二例。"the yellow bird/to rest" 出自《詩經・

小雅》，即「黃鳥止」……等等。問題不完全在典故，因為把典故全查出來了，也無法把意義以一般閱讀文字的方式串連起來。每一個片語如音樂中每一個「樂句」，每一句含有與音樂、音樂史、音樂與文化關係的「母題」(motif) 或「題旨」，互相「迴應」、「疊變」、「引申」來構成一個總的印象。

龐德應用了音樂結構最大的困難是：每一個初次出現的題旨，由於是文字構成，是帶有述義性的；但由於他要求得「介乎思想與姿式之間」的效果，所以該題旨的述義性是不完全的；它只提供了片面的意義或面貌。它的全面意義與面貌要等到它——作為音樂的題旨——反覆在詩中別的地方以不斷增變的方式出現以後，才能織成一個長景，一個大的交響結構，讓這個衍化遞增以後的題旨與別的類同方式衍化遞增的題旨，互相應合，對位變化，或對唱。譬如《詩章》中的「海倫」(Helen)。環繞著她的傳說與歷史，用不同的方式出現在下列不同的章節裡。以 Eleanor 的名字出現在第二章。Eleanor 的原意是「船的破壞者、城的破壞者」，用一個字概括了整個特洛城的戰役，作為開端的題旨。其後以 Helen 及類似 Helen 的其他女子的故事，分別反覆重現在第五、第六、第七、第八、第二十、第二十三、二十四、及寫龐德自傳式的 *The Pisan Cantos* 裡。如果我們讀詩時，能讓每一個（只供片面強烈印象的）段落，如音樂中的「樂句」那樣迴應、疊變、織合，現代的、過去的，現實的、神話的，歷史的、個人的，疊合展列為一個龐大的幕景，我們便可以把許多縱時式的事件串連起來，而同時讓不同時間不同空間的事件（儘管是片斷的）幫忙我們看到某一事件在不同角度下所呈現的面貌。

我們由這些表現方式看到，西方現代詩超媒體的努力，無疑是我們觀、感領域的擴充，在語言的性能上有不少新的發明；但我們也了解到，這些發明是有代價的，便是一般語言特性（尤其是述義性）的削弱（或相反的，濃縮到義多而模稜），語法的疏離與扭曲，有時到了無法入手的地步。中國詩在超媒體的表現裡沒有這種「隔閡」與「幽晦」，沒有扭曲疏離感，主要是語言依循真實世界可觸可感可認的轉折而造語。西方現代主義者，因為依循因人而異的複雜破碎的個人主觀的世界而進行，復又強調語言組合創造新世界的魔力（承自馬拉梅的語言觀），所以其超媒體的表現易於走上疏離與切斷感。證諸以表現至上的某些現代畫，亦復如是。立體主義的畫和中國的山水畫都呈現多重透視（許多不同瞬間呈現的空間面）和深度感，但立體派的畫是碎片的組合，中國山水畫一石一山一樹仍是可認的一石一山一樹，自然而不機械化，完全而不碎片化，不扭曲，沒有疏離感。

一九七七年八月

附錄：

㈠萊辛認為文字是任意形成的符號，而畫用的是自然的符號。即是說，畫裡一間房子和我們看見的房子完全可以相符相認的；但 House（英文）Maison（法文）都與我們經驗中看到的房子不相符，是任意決定代替視覺經驗中「房子」的符號。梵諾羅莎 (Fenollosa) 第一次接觸到中文，驚為神語；因為這不是任意形成的符號，而是與我們經驗相符的自然符號。⊙ [illegible] [illegible]等。他並且驚異中文字的具象性，譬如「東」字是「太陽在樹後」，「旦」是「日自地平線上升起」等。龐德由梵氏那裡取得〈作為詩的傳達媒體的中國字〉一文，大大的發揮成為他的「具象詩學」，並在《詩章》中加上中文字，力求「自然」「具體」。事實上，這個「神語」的表現性能，梵氏知其一不知其二，曾有很多的錯誤的解釋。但就中文強烈的「實象實示」來說，自有其美學道理，是英文無法做到的，舉「旦」字來說，寫成

Sun
Horizon
或
Sun
―――

都辦不到⊙的實感。就是因為印歐語系這種限制，便有不少詩人設法突破它來做到這種具象感。具象詩當然不是通過梵氏產生，但其追求的美學理想則一。現在列舉三例：

第一例是圖詩，把英文的「風」字的字母排出風吹

的樣子。

Eugen Gomringer

w w
d i
n n n
i d i d
w

這類圖詩最多。對中國人來說，因為中國字方形，大小一樣（也可以寫大些小些），很容易排成我們欲表現的圖象，沒有什麼巧妙可言。中國人多視之為遊戲。但在一首大詩裏，為了某種表現的需要而用上圖象，有時效果很好，如白萩和方莘的詩。

所謂具象詩，指的是實感詩。除了視覺形象的實感之外，詩人也要求聽覺的實感，如第二例的倣機關槍聲的「音詩」和第三例利用文字作一首音樂的音色和肌理的「樂詩」。

第二例

Ernst Jandl Schützengraben

schtzngrmm
schtzngrmm
t–t–t–t
t–t–t–t
grrrmmmmm
t–t–t–t
s——c——h
tzngrmm

tzngrmm
tzngrmm
grrrmmmmm
schtzn
schtzn
t–t–t–t
t–t–t–t
schtzngrmm
schtzngrmm
tssssssssssssssssssss
grrt
grrrrrt
grrrrrrrrrt
scht
scht
t–t–t–t–t–t–t–t–t–t
scht
tzngrmm.
tzngrmm
t–t–t–t–t–t–t–t–t–t
scht
scht
scht
scht
scht
grrrrrrrrrrrrrrrrrrrrrrr
rr
t–tt

音詩（倣機關槍聲）

第三例　　　　　　　　　　　　　音詩

Henri Cbopin Earth Air

SOL AIR

(fragments)

Pcóme-1961. Audio-poéme 1964. Pour ballet et chorégraphie.

Durée: 10′. Superpositions tlmbrales: 4. Exclusivement réalisé par la voix de l’auteur

Recherche: fission de particules bucchales et timbràles, anatomie du verbe

Composition intégrale avec les deux mots précédents: soit Sol et Air.

Vitesses du magnétophone: 9,5 cm
19 cm
4,75 cm

Mixagé en studio. Recueilli sur v. 38 cm/s.

v. 9,5 cm: sooooolrrrrrrrrrrrrr
rrrrrrrrrrrllosssssssSS SóóóLRRRRRRR
siiiiiiiiiiiiiiiiiii(“s”=spirance)
airffffle (varietion) rrrrrlllooooooosssSSS sol air rrrRRR
soooooolrrrrrrrrrrrr ssssssssssssssss.

fragments pour 10″ sur une piste.

v. 9. 5 cm: rrrrrrrrrrrrrrr (appoints claquemonts de lévres)

iiiiiiiiiiiiiiiii (pizzicato sur v. 4, 75 cm″ aigū)

s

o

l

a i r (chule du limbre presque inaudible)

(recouvertpar) sol RRR

rrrr losSSS (recurrence)

fragments pour 10″ sur une autre piste.

V. 4, 75 cm: (exclusivement des aigus solt des: claquements de lévres et bouches, des vcyelles《i》et《e》couvrant les enregisments précédents; emploi de plus du volume sonore par augmentation des inténsites ou diminution. Superpnsitions: 4)

l i l i lll ii l i llllll iii l iiiiiiiii l i l i l

SSS OOOOOO (puis liquide) éééééé..........(diminuendo) RRRR

㈡「亞維儂的怖女」的說明：

The

terrible

ladies

of Avignon

畢加索，「亞維儂的怖女」，1907，油彩，畫布，243.9×233.7cm，紐約現代美術館

©Succession Picasso 2007

關於畢加索的「亞維儂的怖女」，Prideaux 說：

最右面蹲著的女子把（西方）傳統的「透視」和「解剖」完全炸破了。她向外張開的臀部是從後面看的？還是前面？她的軀體是含糊的雙重的曝光，暗示著前暗示著後。她非洲面具形的頭原是

> 正面全面照的，卻有個偏偏側面藍條的豬嘴形的鼻子。她彷彿托著下巴的左手（還是右手呢?）形如澳洲土人用的月形的「飛去來器」……立體主義就是誕生在這個蹲著的婦人的形象裡，畢加索不是從一個定點的透視去畫她，而是「同時」從「許多不同的角度」呈現她。

㈢拼貼手法 (Collage) 常常把很顯著地來自兩個不同時代的畫面用拼貼的方式，未經調協地，放在同一畫面上。拼貼畫常給人不同空間的互切，或不同空間、深度、方向的同時伸展，不同時間經驗的同時並置，作對比與呼應，而產生述義性。在表現方法上類似電影中的「蒙太奇」。

㈣關於〈荒原〉，基本上是龐德《詩章》構築影響下的產物，即是，由許多片面經驗的印象，如一塊一塊畫面，或一節一節樂音的題旨，用迴應，複疊，引申的方式互玩織構而成。現只指出三點。⑴動詞，現在，過去，將來，現在，過去，現在作跳躍性的、非串連性的變換。所以我們因為無法用「由此發展到彼」那種線性發展的方式去尋求，而必然要讓每一個經驗面暫時擱在一個龐大的空間裡，等待其他層面出現，共同構成一個大幕景，然後⑵我們彷彿飛升到高空，用鳥瞰式的眼光來看，比對經驗來完成意義。（在鳥瞰透視的層次上，接近中國畫和中國詩。）⑶音樂的結構：第一部是基本題旨的簡略呈現，其他的四部是詳細的引申。舉「乾石中水聲」的題旨最早在第一部閃現而無詳細的處理；詳細的處理（迴應與引申）是在第五部。

㈤電影的提示：我在討論中國詩語法所構成的時間觀時，曾提及 Stephenson 及 Debrix 的入門書《電影藝術》有關時間的一段話，說電影自然而然的

> 超脫了時間的結構……電影中沒有作為時間徵兆的前置詞、連接詞及時態變化……所以能任電影自由的觸及觀眾，這是文學無法匹比的。

文學中的「在他來之前」「自從我來了以後」「然後」這些時間的徵兆並不存在於電影裡，其實亦不存在於實生活裡。「我們在看電影時……事物刻刻發生在目前」，是一種繼起的「現在」。

詩，除了利用削除了述義性、串連性來構成物象刻刻作戲劇化的呈現之外，還可以利用蒙太奇的技巧。蒙太奇的技巧的發明，是根據中國字而來的。艾山斯坦從中國字兩個象形元素並置而產生一個新的意念而發明了利用兩個不同時空經驗面的重疊或並置（蒙太奇）而產生強烈的感受。中國古典詩中蒙太奇的手法甚多，在此不贅。請參閱本書裡對語法與表現的討論。現在我們不妨從電影媒體其他的特性裡汲取靈感。電影中的時間可以利用快的剪接，利用音樂的動速，利用意象急速的遞換，造成興奮的情緒，或把時間弄得極度緩慢來製抒情意味、悲傷、憶懷。換言之，時間與空間可以任導演伸縮甚至停止，都是現實生活中無法做到的。時間還可以逆轉，疊合，分割，壓縮，省略……這些做法所得的藝

術效果可以作為詩人借鏡。現代詩人常常利用這些電影的時間特質。電影中的時間和空間是比較能自由活動的時間和空間。小說和詩，不但可以誇張意象的視覺性，還可以利用鏡頭的活動，利用剪接，利用靜止鏡頭的迭次出現……等來達致一般文字表現不易獲得的效果。龐德的詩，Robbe Grillet 的小說都有類似的活動與效果。

㈥音樂借用詩中的文字，經過誇張、變音、迴響、重疊、對位……等而作為音樂主要的肌理，樂器的音反而被放在陪襯的位置。然後這首詩，又被視作一場戲那樣演出，有時還加上幻燈、電影或舞蹈來提示或對比文字中的聯想。這種超媒體及混合媒體的表現，現代藝術裡例子很多。如現代音樂家 Roger Reynolds 就曾用史提芬斯 (Wallace Stevens) 的 "The Emperor of Ice Cream" 的文字作為他整個演出樂曲的主要肌理，另外又把貝克特 (Samuel Beckett) 的 "Pink"，用錄音特製的音樂、現場鋼琴、及極度緩慢的電影同時演出。都可代表這方面的努力。在臺灣，一九七〇年音樂家李泰祥、許博允，畫家顧重光、淩明聲，舞蹈家陳學同，也曾利用我的詩句，做過類同的試驗。企圖以一個媒體協助另一媒體構成一個整體的經驗。

㈦ Happening（發生事件）這個綜合藝術體，在圖書館裡很難找到適當的分類。它既可稱為一種演出（觀眾參與的），但也是一種繪畫性，雕塑性的展出。它既是有些計劃的安排，卻又注重臨時突發的即興元素。繪畫性、雕塑性的東西，即觀眾活動空間的環境裡的事物，有用心經營的，有很多是「隨手找到即藝術」的事物。觀眾一半被帶領，但往往是被刺激而自發的活動，是無跡可循的，所以沒有一定戲劇的內容。它很多時候是視覺形象的演出。觀眾說是參與，他們也是藝術成形的道具。它是一個藝術演出，但也是一種「祭儀」的發生，有時甚至是一個節慶。因為是直接經驗，我們可以稱之為「現實」，但這個「現實」是夢化、藝術化的現實。發生事件在發生時常是因果不知，目的不明的。每一次的發生都有新的發現。這樣一個藝術體，它的成功與否很多時候要看來的觀眾是不是完全可以沉入當時的情緒的流動裡。換言之，是近乎秘教聚會式的情緒活動。與原始民族大家為了生存的需要全體自動自發的參與的祭儀活動，雖有形式上的相似，在性質上是不同的。

㈧西方現代藝術為什麼會由超媒體的企圖走向綜合媒體的發揮。原因可能有下列數種：

a.每一個媒體只能表達我們全面感官的一個層面，藝術家覺得需要別的媒體的表現力來補充或支持。

b.科學對我們感官活動的研究引出了如何可以達到全面觀感的問題。

c.另一方面，西方人開始覺得亞理斯多德以還所建立的推理式的世界與我們實際的直覺經驗不符合，所以他們試圖要打破他們語言中串連性的傾向。

d.工業革命以來，實用性工具性的思想把語言減縮為只為實用傳達的東西，而忽略了人原是一個有全面感官的動物。

e.開始時，原是要借助別的媒體的表現力，結果是流露了現代西方人幽暗的現實：他雖然思想詭奇，卻是一個破碎片片的機械化的個體。

f.厄爾都在他的實驗戲劇裡要求回到古代的神奇,祭儀,魔咒式的語言，和慶典的聚合……是要重新肯定一個我們早已失去的生活形式,即是初民和諧的群聚活動,這種群聚活動本身即是生活也是藝術。詩，音樂，舞蹈，祭儀都是生活展張不可分的必須部分。但我們可以用個人激情的方式，用個人獨特的表現形式強加在已經逐漸喪失藝術全面敏感性的讀者和觀眾的身上嗎？在我們能夠重建我們官能全面敏感性之前，我們不可以躍過歷史的現實而在理想的空間裡，依著個人獨出心裁的表現形式，扭曲媒體的性能，而作密結而不空靈，片面交織而非自然融合的演出。

〔比較文學叢書〕

當東方遇上西方，
能否出現溫柔的共鳴？
跨越時空與文化的「同」與「異」，
尋找關於歧異與匯通的道路……

歷史、傳釋與美學　葉維廉／著

本書透過中西文化、文學的構成與危機的互相映照來探討有關論述生變的真實狀況。內容包括中西語言哲學和論述構成本身的質疑與反省、語言與權力的辯證關係、傳意釋意各層面所打開的意義與秩序的生長、歷史整體性與語言策略的離合等。除了有效說明知識與論述行為內在的設限和暫行，最重要的是從中國古代思想中，提升出一套可以為現代中西思想危機解困的識見。

記號詩學　古添洪／著

記號詩學乃是用記號學的精神、方法、概念、詞彙來建構的詩學，基本興趣在於文學書篇的表義過程及其所賴之法則及要面。本書第一部分，深入刻劃當代記號學二先驅（瑟許及普爾斯）與當代記號詩學大家雅克慎、洛德曼、巴爾特等人的模式與概念；在第二部分裡，作者對話本小說、輞川詩組、孔雀東南飛等作了記號學式的研究。本書舉重若輕，適合專家也適合願意思考的大眾閱讀。

現象學與文學批評　鄭樹森／編

現象學自十九世紀末在歐洲興起後，不但成為西方現代哲學的重要潮流，更直接影響到不少人文及社會學科，成為結構主義與符號學之外，另一股波瀾廣闊的思潮。本書旨在介紹現象學與當代文學理論及批評的關係，第一部分選譯海德格、殷格頓、杜夫潤和衣沙爾等大師原典。第二部分收入中國學者採用現象學派觀點探討中國文學的專論，以具體實踐來闡明現象學派文論的一些抽象觀念。

主題學研究論文集　陳鵬翔／主編

本書的內容深具開疆拓界的歷史意義，許多碩、博士論文受其直接或間接的啟發。王立教授在其近著就指陳，這本編著的面世，「標志著這一研究方法正式開始從民俗故事研究領域向文學主題學研究領域過渡」。為了本書之再版，陳鵬翔教授特地再撰編入〈主題學研究的復興〉一文，對這個學域的最新拓展有簡扼且深入的闡釋，相信對讀者（尤其是研究者）一定有相當大的助益。更期望中西比較式的主題學理論與研究能蓬勃發展起來。

中國小說比較研究　侯健／著

本論文集共收有關中國小說的研究論文九篇，計古典小說七篇、文體特論一篇、當代小說一篇。這些文字的共同特色，是以西方文學理論，對我國的傳統與現代作品從事新的了解與評估，部分以西方作品，做形式、思想、及文學史實的比較與分析。這些論文依性質而言具有實驗性，冀望於研究方法的介紹，並提供學者和一般讀者作為參考。